P9-EKS-248

COLLECTION FOLIO

Madame Riccoboni

Histoire
de M. le marquis
de Cressy

ÉDITION ÉTABLIE ET PRÉSENTÉE
PAR MARTINE REID

Gallimard

Femmes de lettres

© *Éditions Gallimard, 2009.*

PRÉSENTATION

— Connaissez-vous madame Riccoboni ?
— Qui est-ce qui ne connaît pas l'auteur d'un
grand nombre d'ouvrages charmants, pleins de
génie, d'honnêteté, de délicatesse et de grâce ?

DENIS DIDEROT
Paradoxe sur le comédien

« Des particularités sur ma vie formeraient un article bien insipide et bien peu étendu. Mon passage sur ce globe ne peut exciter ni satisfaire la curiosité de personne. [...] J'ai vécu dans un petit cercle, fuyant également les beaux esprits et les sots. Je suis fâchée de ne pas avoir une histoire intéressante à raconter. La vie d'une femme sensée offre rarement des faits dignes d'attention. La mienne n'a pas été heureuse. [...] J'entends quelquefois des hommes sur le retour soupirer, comparer les temps, rappeler les jours qui ne sont plus. [...] Moi, je ne regrette rien. » Ainsi s'exprime en 1781, pour un éditeur anglais désireux de rassembler des anecdotes sur les femmes auteurs françaises, Marie-Jeanne Riccoboni, l'une des grandes romancières du temps. Pour ce qui est de donner son portrait, elle répond de même : « Quand un de mes portraits me ressemblerait, je n'aurais pas la sotte vanité d'imaginer que la postérité s'embarrassât des traits d'une femme dont les ouvrages seront oubliés dans vingt ans. »

Cette extrême discrétion, ce refus de toute publicité autour de sa personne ne sont pas une pose. Pas plus que l'affirmation concernant une vie difficile, sur laquelle Mme Riccoboni n'entend pas s'étendre. Il faudra l'amitié exceptionnelle qui la lie à l'acteur anglais David Garrick pour qu'elle s'engage à quelque confidence sur son compte, qu'elle raconte la bigamie de son père découverte peu après sa naissance, sa mise au couvent, l'amour possessif et jaloux d'une mère qu'elle n'aime guère, son mariage avec le fils d'un grand directeur de théâtre parisien, Antoine-François Riccoboni, le malheur qui s'ensuit, ou encore son goût pour la tragédie, elle qui est condamnée à jouer la comédie dans le théâtre où se produisent son beau-père et son mari, la Comédie-Italienne. Pendant une vingtaine d'années, tout Paris voit Marie-Jeanne Riccoboni sur les planches, admire cette sémillante petite personne aux yeux noirs, mais déplore le peu de talent qu'elle manifeste, quelle que soit la pièce. « Cette femme, une des plus sensibles que la nature ait formées, a été une des plus mauvaises actrices qui aient jamais paru sur la scène. Personne ne parle mieux d'art, personne ne joue plus mal », observe Diderot qui la fréquente. Le métier de comédienne a toutefois du bon : il permet d'être en contact avec une foule de gens de lettres, de journalistes et d'amateurs de théâtre ; il oblige aussi à remanier les manuscrits, construire des canevas, récrire des scènes. Marie-Jeanne Riccoboni en profite ; elle observe, compare les tons et les manières, les intrigues et les sujets, les rôles prêtés aux hommes et aux femmes, et apporte plus d'une fois son secours à son mari, qui produit des pièces à bon rythme. Quand, en 1755, alors qu'elle a quarante-deux ans, elle se sépare de lui, elle songe aussi à quitter le théâtre, rêvant de gagner sa vie en écrivant, « afin de vivre sans assujettissement ».

Cette situation singulière rappelle celle de nombre de femmes arrivées dans le champ littéraire de manière plus ou moins accidentelle ; elle s'observait chez Mme d'Aulnoy, elle se retrouve chez Françoise de Graffigny ou Mme de Villeneuve, ou encore, beaucoup plus tard, chez George Sand. C'est moins quelque vocation, alliée à une solide formation intellectuelle (elles n'en ont généralement reçu aucune), qui conduit ces femmes à publier que des difficultés d'ordre conjugal entraînent la nécessité de gagner de l'argent. C'est en tout cas ce qu'elles disent, ou ce que la tradition littéraire, marquée de puissants *a priori* sur le rôle de chacun des sexes dans ce domaine, leur fait dire, comme si l'énoncé de tout autre motif (souci de gloire, envie de notoriété, goût irrésistible pour le roman ou la poésie) leur était refusé par avance. Mme de Villeneuve sera l'une des rares femmes de lettres du XVIIIe siècle à avouer, dans la préface à *La Belle et la Bête* (1740), « l'envie de se faire imprimer ».

Mme Riccoboni entre en littérature discrètement, sous le couvert de l'anonymat. D'abord paru dans le *Mercure de France* en 1757, son premier ouvrage, *Lettres de Mistriss Fanni Butlerd*, entretient la fiction de la traduction de lettres véritables, comme l'avait tenté Guilleragues pour les *Lettres portugaises* (1669), et consiste en un violent réquisitoire de l'épistolière contre l'amant qui l'a trahie. Le succès est immédiat et les romans suivants ne le démentent pas. Après *Histoire de M. le marquis de Cressy* (1758), *Lettres de Milady Juliette Catesby* (1759) connaît lui aussi un grand retentissement, de nombreuses éditions et plusieurs traductions en langues étrangères. Bien d'autres romans suivent, dont *Histoire d'Ernestine* (1765), qui met en scène une jeune femme gagnant sa vie en peignant des portraits. Mais Mme Riccoboni ne se contente pas d'asseoir avec autant de talent que de diligence sa réputation de romancière et de participer plus tard à la célèbre *Bibliothèque des romans*. En 1751, elle a relevé pour le plaisir un défi inattendu, celui de donner une suite à *La Vie de Marianne*, le roman que Marivaux avait publié en livraisons entre 1731 et 1734 et laissé inachevé. Cette suite, qui devait émerveiller l'auteur, fut finalement publiée avec son accord dix ans plus tard. L'audacieuse Riccoboni s'était ainsi servie d'un des grands succès romanesques de l'époque pour faire ses gammes ; elle en avait saisi le style et le procédé narratif, non sans en changer en partie l'esprit : sa Marianne est moins coquette, plus réfléchie ; là où Marivaux a peint un bel objet (de désir), Mme Riccoboni a peint un sujet.

Le ton est donné. Tous les romans parlent d'amour sans doute, et leur caractère sentimental fait beaucoup pour leur réputation. Mais tous contiennent des propos qui ne font pas mystère des convictions de leur auteur : dans l'amour comme dans la vie, hommes et femmes ne se trouvent pas traités de la même manière ; aux uns, la société reconnaît tous les droits, aux autres tous les torts : « Les êtres inconséquents qui nous donnent des lois, note la romancière dans *Histoire de M. le marquis de Cressy*, se sont réservé le droit de ne suivre que celles du caprice. » La brèche de la contestation est ouverte, que Mme Riccoboni poursuivra tout au long d'une carrière prolifique, couvrant plus d'une trentaine d'années. Formulées d'une manière aussi brève qu'efficace, ses attaques prennent volontiers la forme de la maxime, façon de retourner à l'usage des femmes cet art de la sentence héritée de la littérature classique. Le comportement des hommes et des femmes est froidement disséqué et le verdict rendu sans appel :

comme au théâtre la société impose aux membres des deux sexes un jeu de rôles ; les hommes doivent dominer et séduire, les femmes se laisser désirer, résister (un peu) et renoncer ensuite à toute forme de liberté. Marché de dupes. Pour quelques liaisons heureuses, pour quelques mariages bien assortis, pour quelques hommes vraiment sensibles, combien d'unions mal assorties, d'hommes retors et de femmes trompées ! Voyez le marquis de Cressy, jeune, plutôt riche, de figure charmante, l'air doux mais « le cœur faux » : « Un tel caractère réussit presque toujours. » Pourquoi ? « L'apparence des vertus est bien plus séduisante que les vertus mêmes, et celui qui feint de les avoir a bien de l'avantage sur celui qui les possède. » On croirait entendre Marivaux, mais la phrase pourrait aussi figurer dans les *Liaisons dangereuses* (1782) de Choderlos de Laclos, qui adaptera pour la scène l'un des romans de Mme Riccoboni et sera brièvement en contact épistolaire avec elle. Le premier peint certes la société d'une autre manière que le second, mais quelque chose les rapproche que les romans de Mme Riccoboni travaillent à souligner : le monde est factice ; rusés et roués mènent la danse, s'emparent des cœurs, jouissent des corps, calculent leurs effets ; pour toutes sortes de raisons, les femmes en sont souvent victimes, par sincérité, par aveuglement, par faiblesse. Heureusement, chez Mme Riccoboni, elles peuvent compter sur la solidarité de leurs semblables.

On retrouve cette solidarité chez les personnages : dans *Histoire de M. le marquis de Cressy*, Mme de Raisel se soucie sincèrement du sort d'Adélaïde du Bugei, et l'entrée au couvent de celle-ci trouble son bonheur ; on l'entend aussi chez l'auteur, qui multiplie les « nous », « notre », « le/la nôtre », établissant ainsi une réelle connivence avec ses lectrices.

Si cette manière de brocarder les conduites et de distiller ouvertement le doute sur le comportement des hommes est originale, celle dont Mme Riccoboni construit ses romans l'est tout autant. Ceux-ci font volontiers usage de la forme épistolaire, qu'elle manie avec un art consommé. De plus, passionnée d'Angleterre (qu'elle ne visitera jamais) et de romans anglais, bientôt liée à quelques Anglais célèbres rencontrés dans le salon du philosophe d'Holbach, Mme Riccoboni ne cède pas seulement à la mode consistant à angliciser personnages et décors. En compagnie de la comédienne Thérèse Biancolelli, avec laquelle elle partage son existence à sa sortie du théâtre, elle adapte et « traduit » un des romans de Fielding, que *Tom Jones* a rendu célèbre, mais aussi des pièces de théâtre qui ont connu à Londres quelque succès. Elle assume ainsi un rôle non négligeable de « passeur » entre une culture et l'autre. Elle cédera d'ailleurs plusieurs fois à la tentation de créer le doute, faisant croire que des œuvres qu'elle a en réalité écrites elle-même ont été traduites de l'anglais, comme c'est le cas pour le roman qu'on va lire. Clin d'œil à une pratique éditoriale connue, coquetterie d'artiste qui sait flatter le goût du lectorat du temps.

« Les romans sont, de tous les ouvrages de l'esprit, celui dont les femmes sont les plus capables, écrit l'un des grands critiques de la fin du XVIIIe siècle, Jean-François de La Harpe, dans *Le Lycée ou Cours de littérature ancienne et moderne* (1799). L'amour, qui en est toujours le sujet principal, est le sentiment qu'elles connaissent le mieux. Il y a dans la passion une foule de nuances délicates et imperceptibles, qu'en général elles connaissent mieux que nous, soit parce que l'amour a plus d'importance pour elles, soit parce que, plus intéressées à en tirer parti, elles en observent mieux les caractères et les effets. […] Celle qui, dans ce siècle, partage avec Mme de Tencin la gloire de disputer la palme à nos meilleurs romanciers est sans contredit Mme Riccoboni. » Il ajoute : « Il règne dans *Le Marquis de Cressy* un grand intérêt d'action et de style. On y trouve surtout cette unité d'objet, si précieuse dans tous les genres. […] J'avoue que de tout ce qu'a fait Mme Riccoboni, *Le Marquis de Cressy* est ce que je préférerais. » Cette reconnaissance du talent de Mme Riccoboni n'est pas unique, loin s'en faut. Le succès rencontré par ses romans en constitue la preuve, qu'accompagnent de nombreux témoignages, parmi lesquels ceux de Grimm, Dorat, d'Alembert ou Diderot. Le seul

Marquis de Cressy compte trois traductions en anglais ; *Histoire de Miss Jenny* est traduit en italien par Carlo Goldoni, qui salue « *la celebre autrice, che fù dall'Europa tutta ammirata* ». Les romans de Mme Riccoboni figurent en troisième position dans l'inventaire des titres des bibliothèques privées du XVIIIe siècle, juste avant ceux de Prévost, de Crébillon fils ou de Voltaire. Marie-Antoinette fera même, à en croire Sainte-Beuve, relier ses romans de telle sorte qu'ils paraissent des livres de prières et puissent être lus pendant la messe.

De cette belle effervescence romanesque, la fin du XIXe siècle et le XXe siècle à sa suite ont effacé jusqu'au souvenir. Face au roman réaliste, le roman sentimental apparaît brusquement obsolète ; l'histoire littéraire constituée au début de la IIIe République vient entériner ce changement de goût et juge la production de romans de femmes du XVIIIe siècle parfaitement dépourvue d'intérêt. Le verdict condamne l'œuvre de Mme Riccoboni et de bien d'autres à l'oubli.

MARTINE REID

NOTE SUR LE TEXTE

Histoire de M. le marquis de Cressy, traduite de l'anglois par Mme de ★★★ est le titre de l'édition originale du roman de Mme Riccoboni, parue chez MM. Rey, Amsterdam [Paris], 1758 (176 p., in-12°).

Nous reproduisons le texte de cette édition en en modernisant la graphie.

HISTOIRE
DE M. LE MARQUIS
DE CRESSY

M. le duc de Vendôme, ayant glorieusement terminé la guerre d'Espagne[1], revint à la cour, suivi d'une brillante jeunesse ; victorieuse sous ses étendards, elle partageait avec lui l'honneur de ses triomphes.

Parmi ceux qui s'étaient distingués dans la dernière campagne, le marquis de Cressy, par une attention particulière du prince qui l'aimait, avait eu occasion de montrer ce que peuvent le zèle, le courage et la fermeté dans le cœur d'un Français ; heureux si des qualités si nobles eussent pris leur source dans l'amour de la patrie et dans cette généreuse émulation naturelle aux belles âmes, plutôt que dans un désir ardent de s'avancer, d'effacer les autres, et de parvenir à la plus haute fortune !

Le marquis entrait dans sa vingt-huitième année

---

1. Commencée en 1701, la guerre de succession d'Espagne s'était terminée par la signature du traité d'Utrecht en 1713 et de Rastadt en 1714. Mme Riccoboni situe donc son roman à l'extrême fin du règne de Louis XIV.

lorsqu'il reparut à la cour après six ans d'absence. Il était maître de lui-même ; assez riche, si ses désirs eussent été modérés ; mais, dominé par l'ambition, le bien de ses pères ne pouvait suffire à l'état qu'il avait pris ; il songea à le soutenir, même à l'augmenter. Une grande naissance, une figure charmante, mille talents, une humeur complaisante, l'air doux, le cœur faux, beaucoup de finesse dans l'esprit, l'art de cacher ses vices et de connaître le faible d'autrui, fondaient ses espérances : elles ne furent point déçues : un tel caractère réussit presque toujours. L'apparence des vertus est bien plus séduisante que les vertus mêmes, et celui qui feint de les avoir a bien de l'avantage sur celui qui les possède.

Le marquis de Cressy devint en peu de temps l'admiration des deux sexes. Les hommes recherchèrent son amitié, et les femmes désirèrent sa tendresse ; mais celles qui tentèrent de l'engager trouvèrent dans son cœur une barrière difficile à forcer. De toutes les passions, l'intérêt est celle qui cède le moins aux attaques du plaisir.

Le marquis résista longtemps aux douceurs qui lui étaient offertes, même à sa vanité. Le titre envié d'homme à bonnes fortunes le toucha bien moins que l'espoir d'une alliance qu'une conduite sage pouvait lui procurer. Sans pénétrer ses desseins, on vit son indifférence, et le peu de succès ayant rebuté les femmes qui ne voulaient que plaire, la difficulté anima celles dont l'âme tendre, les désirs timides et réglés par la décence, semblaient dignes de vaincre la résistance d'un homme si capable en apparence de rendre heureuse celle qui parviendrait à toucher son cœur.

Mme la comtesse de Raisel et Mlle du Bugei furent de ces dernières. La comtesse, veuve depuis deux ans d'un mari qu'elle n'aimait pas, dont l'âge avancé et l'humeur fâcheuse ne lui avaient fait connaître le mariage que par ses dégoûts, semblait s'être destinée à vivre libre ; elle entrait dans sa vingt-sixième année ; sa taille était haute, majestueuse ; ses yeux pleins d'esprit et de feu ; une physionomie ouverte annonçait la noblesse et la candeur de son âme ; la bonté, la douceur et la générosité, formaient le fond de son caractère ; incapable de feindre, elle l'était aussi de concevoir la plus légère défiance : on lui inspirait difficilement de l'amitié ; mais, quand elle aimait, elle aimait si bien qu'il fallait mériter sa haine pour la ramener à l'indifférence. Une naissance illustre, une fortune immense, étaient les moindres avantages qu'une femme telle que Mme de Raisel pût offrir à l'heureux époux qu'elle daignerait choisir.

Adélaïde du Bugei n'avait guère plus de seize ans ; tout ce que la jeunesse peut donner de fraîcheur et d'agrément était répandu dans ses traits et sur toute sa personne ; à un esprit naturellement vif et perçant elle joignait ce charme inexprimable que donnent l'innocence et l'ingénuité. Elle n'avait plus de mère. M. du Bugei venait de

23

la retirer de l'abbaye de Chelles, dans le dessein de la marier. La fortune d'Adélaïde n'était pas considérable ; la plus grande partie de celle de son père consistait en bienfaits du roi. Mais l'ancienneté de sa maison, les services de ses aïeux, son mérite et sa beauté, lui promettaient un sort bien différent de celui dont l'intérêt et l'amour la rendirent la triste victime.

Telles étaient les deux personnes dont M. de Cressy fit naître les premiers sentiments. Elles étaient alliées, et l'amitié les unissait ; mais la différence de leur âge n'admettait point entre elles cette intimité qui bannit toute réserve. La comtesse gardait son secret par prudence, et Mlle du Bugei ignorait qu'elle en eût un à confier.

M. de Cressy se trouvait plus souvent avec Adélaïde qu'avec la comtesse. Il allait presque tous les jours dans une maison où elle était familière. Il s'aperçut du désordre où la jetait sa présence, et connut le penchant de son cœur. Il sentait un plaisir secret en observant l'impression qu'il faisait sur ce cœur simple et vrai ; mais, comme il était fort éloigné de borner son ambition à la fortune qu'elle pouvait lui apporter, il rejeta d'abord toute idée de profiter des dispositions d'Adélaïde : mais le temps, la vanité, le désir, l'amour peut-être, détruisirent cette sage résolution, et lui présentèrent un moyen d'entretenir le goût que Mlle du Bugei lui laissait voir, sans rien changer au plan déjà formé pour son élévation.

Ainsi, cachant à tous les yeux les nouveaux sentiments dont il était occupé, il affecta de ne lui marquer aucun égard qui pût les dévoiler, et s'attacha à lui rendre des soins dont elle seule pût s'apercevoir. Cette conduite adroite fit l'effet qu'il en avait attendu : Adélaïde se crut aimée ; son cœur, prévenu par une forte inclination, s'enflamma peu à peu ; et sa passion devint si puissante sur son âme, que l'ingratitude et la perfidie du marquis ne purent dans la suite ni l'éteindre ni la lui rendre moins chère.

Mme de Gersay, chez laquelle Adélaïde et le marquis se rencontraient si souvent, était sœur du feu comte de Raisel, et ne voyait point sa veuve, honteuse de lui avoir intenté un procès sur des prétentions assez mal fondées. Comme elle en jugeait autrement, et qu'il y avait peu de temps que cette affaire était terminée, son ressentiment durait encore. Cet effet du hasard fit que Mme de Raisel et Adélaïde ne s'aperçurent jamais de leur rivalité.

La maison qu'occupait M. du Bugei avait un jardin, dont une des portes s'ouvrait sur une promenade publique. Avec le temps, M. de Cressy parvint à engager Adélaïde à profiter de cette commodité pour lui parler les soirs. La beauté de la saison où l'on entrait alors rendant ces promenades très naturelles, elle n'imagina pas qu'il y eût le moindre risque à lui accorder cette faveur ; elle sortait de chez elle suivie d'une gouvernante, dont l'humeur trop facile se prêtait aux désirs de sa jeune élève, qui, charmée de ces entretiens, ne prévoyait aucun des périls où ils pouvaient l'exposer. M. de Cressy, profitant de l'avantage que lui donnaient sur elle l'expérience et l'artifice, en échauffant peu à peu son cœur, l'amenait insensiblement à lui avouer tout l'amour qu'elle sentait pour lui : aveu dangereux, dont un amant conteste la vérité jusqu'au moment où de preuve en preuve il nous conduit à lui en donner une après laquelle le doute se dissipe et le désir s'envole.

Cependant Mme de Raisel, ne trouvant rien dans sa raison capable de s'opposer à sa naissante inclination, souhaitait ardemment que le marquis lui rendît des soins. La retenue de son sexe et sa modestie naturelle ne pouvaient lui permettre de faire les premiers pas : quoique ses intentions eussent pu justifier ses démarches, elle n'osait en faire aucune ; il lui paraissait honteux d'employer l'entremise d'un ami, et d'acheter par une sorte de bassesse un bonheur qu'elle rougirait d'avoir obtenu, et qui serait continuellement troublé par l'incertitude des motifs qui auraient déterminé M. de Cressy à rechercher sa main. Son cœur délicat ne voulait rien devoir à la fortune, il cherchait un bien plus précieux que tous ceux qui attirent les hommes ordinaires : c'était la douceur d'une tendresse sentie et partagée, d'une union dont l'amour formât les liens, et dont l'estime et l'amitié resserrassent à jamais les nœuds.

Malgré l'ambition du marquis, il n'eût jamais osé prétendre à Mme de Raisel, elle venait récemment de refuser un parti après lequel il semblait qu'aucun autre ne pût s'offrir ; il était bien éloigné d'imaginer qu'il fût assez heureux pour lui plaire. Quand la comtesse se rencontrait avec lui, la crainte de laisser échapper des marques de son penchant lui donnait un air de réserve et d'embarras que M. de Cressy, naturellement enjoué, prenait pour une froideur de caractère peu propre à l'attirer ; Mme de Raisel, charmante où il n'était pas, perdait en le voyant cette vivacité qui rend aimable et donne de la grâce à tout ce qu'on fait ; l'agitation de son cœur suspendait les agréments de son esprit ; elle se taisait, ou disait des choses si indifférentes, que le marquis, prévenu contre le sérieux où il la voyait toujours, avait une sorte d'éloignement pour elle ; quoique sa maison fût une des plus brillantes de la cour, qu'il y eût été présenté, même accueilli, c'était celle où on le trouvait le plus rarement.

Pendant qu'Adélaïde s'abandonnait au charme séduisant d'une passion dont rien ne troublait encore la douceur ; que Mme de Raisel, chaque jour plus sensible, entretenait avec complaisance un désir dont elle était uniquement occupée, la marquise d'Elmont, conduite par la vanité, ou peut-être par un motif moins excusable, entreprit de vaincre l'indifférence de M. de Cressy, ou, si elle ne pouvait s'en faire aimer, de lier avec lui cette espèce de commerce où le caprice et la liberté, tenant la place du sentiment, ôtent à l'amour toutes ces erreurs aimables dont il se nourrit, en font une sorte de goût où le cœur ne prend jamais de part, et qui donne moins de plaisir qu'il ne produit de regret.

Mme d'Elmont était une de ces femmes qui, n'ayant aucune des vertus de leur sexe, adoptent follement les travers de celui qu'elles prétendent imiter ; qui, loin de chercher à en acquérir la force et la solidité, en prennent seulement l'audace et la licence, et qui, livrées au dérèglement de leur imagination, s'honorent du nom d'homme, parce que, indignes de celui de femmes estimables, elles ont osé renoncer à la pudeur, à la modestie, et à la délicatesse de sentiment, qui est la marque distinctive de leur être.

Telle était celle qui prit du goût pour M. de Cressy, et fit éclater le dessein formé de se l'attacher : mais comme un pareil engagement ne convenait ni à ses vues ni à la situation actuelle de son cœur, il le rejeta absolument, feignit d'ignorer les intentions de la marquise, l'évita partout ; et, sans manquer à ce qu'il devait à son rang et à son sexe, il sut éluder ses poursuites et se défendre de ses attaques.

La haute opinion que Mme d'Elmont avait d'elle-même et l'orgueil dont elle était remplie lui persuadèrent qu'un homme capable de résister à ses avances était moins gardé par l'indifférence que lié par un amour secret et heureux. Attachée à cette idée, et guidée par le dépit et la curiosité, elle observa les démarches du marquis, fit épier ses pas, et tarda peu à découvrir que Mlle du Bugei était l'objet de ses empressements : ainsi, la regardant comme le seul obstacle qu'elle eût à vaincre pour réussir dans ses projets, elle résolut de troubler une intrigue si opposée à ses désirs, et de priver Adélaïde d'un bien dont elle-même souhaitait vivement la possession.

Comme on voit les actions des hommes, et qu'on en pénètre rarement les motifs, il est bien des occasions dans la vie où la noirceur et la malignité se parent aisément des traits de la justice et de la probité. Mme d'Elmont, instruite des promenades fréquentes d'Adélaïde et de l'exactitude du marquis à l'y accompagner, écrivit à M. du Bugei pour l'informer qu'un homme aimable, dont elle taisait le nom, avait les soirs des rendez-vous avec sa fille. C'est ainsi que, cachant sa basse jalousie sous l'apparence de l'amitié qu'elle avait pour M. du Bugei, elle porta dans l'âme d'Adélaïde le premier mouvement de la douleur. Ce ne fut point assez pour elle d'entendre les reproches d'un père irrité, de recevoir un ordre précis de ne plus parler à celui qu'elle aimait ; en lui découvrant où pouvait tendre la conduite mystérieuse de cet amant, on lui apprit à craindre qu'il n'eût pas pour elle le respect et la tendresse qu'elle méritait à tant de titres de lui inspirer.

Le caractère de Mlle du Bugei ne lui permettait

pas de nier une vérité que son trouble confirmait assez : un aveu sincère de ce qui s'était passé entre elle et le marquis mit M. du Bugei dans un embarras extrême. M. de Cressy ne s'était avancé sur rien dont on pût tirer avantage pour pénétrer son cœur ; il n'avait fait aucune offre, aucune demande ; et ses expressions, ménagées avec adresse, donnaient peu de lumières sur ses desseins ; mais Adélaïde aimait, elle se croyait aimée. M. du Bugei estimait le marquis, et désirait le bonheur de sa fille ; il prit le parti de contraindre M. de Cressy à s'expliquer ; et, ne voulant point paraître dans cette affaire, il dicta ce billet à Adélaïde, qui l'écrivit sans oser résister à sa volonté :

L'honneur que vous m'avez fait, monsieur, de vous entretenir souvent avec moi a été remarqué par des personnes qui en ont pris occasion de me croire imprudente. Ne m'accusez ni de caprice ni d'impolitesse, en me voyant changer de conduite avec vous ; et trouvez bon que je ne vous parle plus ni en public ni en particulier, à moins que je n'en reçoive l'ordre de mon père : si vous ne l'engagez pas vous-même à me le donner, oubliez-moi pour toujours.

Elle pleurait si fort en écrivant, que son père, touché de ses larmes, s'avança vers un balcon, et s'y appuya pour cacher son attendrissement. Adélaïde, tout occupée de sa douleur, partageant déjà celle de son amant, sans songer qu'elle lui offrait un moyen de devenir heureux, vit seulement la privation de ces entretiens qui l'enchantaient ; et, saisissant le moment où son père ne la regardait pas, elle écrivit ces mots sur un petit papier :

Vous dire de m'oublier ? Ah ! jamais ! on m'a forcé de l'écrire ; rien ne peut m'obliger à le penser ni à le désirer.

Elle glissa ce papier dans sa lettre, et se hâta de la fermer : son père l'ayant envoyée sur-le-champ, elle en attendit la réponse avec toute l'inquiétude que peuvent causer l'amour et la crainte dans un cœur où l'on vient d'élever un doute sur l'objet de ses plus chers désirs.

M. de Cressy n'était point chez lui lorsqu'on y porta ce billet, il avait cherché Adélaïde tout le soir ; surpris de ne la trouver ni chez Mme de Gersay, ni dans le jardin, il ne pouvait concevoir pourquoi elle manquait à leur rendez-vous ordinaire.

Il ne rentra qu'à deux heures du matin : cette lettre qui lui fut remise le surprit et le chagrina : il en connut aisément l'auteur ; mais il fut pénétré d'un sentiment si tendre en lisant ce petit papier, preuve si décidée de l'amour d'Adélaïde, qu'il fut tenté de sacrifier tous ses projets de grandeur et de fortune à l'attrait du bonheur véritable qu'il pouvait trouver dans la possession d'une fille charmante dont il était adoré.

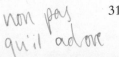
non pas qu'il adore

31

Il ne pouvait se dissimuler que le penchant d'Adélaïde pour lui n'eût peut-être jamais pris de force s'il n'avait eu l'art de l'entretenir et de l'augmenter en lui parlant avec assiduité, en lui montrant une préférence décidée, enfin en lui persuadant qu'il l'aimait ardemment lui-même. En pensant au regret, à la douleur où ses refus pouvaient la livrer, aux reproches qu'elle serait en droit de lui faire, il sentit au fond de son cœur ce mouvement juste et vrai que la nature imprime en nous, qui déchire le voile dont l'amour-propre couvre nos erreurs, nous fait rougir de nos fautes, et nous porte à les réparer ; mouvement qui nous conduirait peut-être plus sûrement que les principes d'une raison étudiée, si nous avions la force de l'écouter et de le suivre. Quelle riante image s'offrait à l'idée de M. de Cressy, si, faisant céder l'ambition à la tendresse, au devoir, à l'honneur, il portait dans l'âme d'Adélaïde une joie dont il partagerait les transports ! Quel plaisir de lire dans les yeux d'une personne aimée la douce satisfaction qu'on vient d'y répandre ! Et quel bien est comparable à celui qui naît de la certitude d'avoir rempli l'engagement qu'un cœur noble contracte avec lui-même !

Il se le peignit, ce bien véritable, mais il ne put se résoudre à l'acheter par la perte de ses espérances ; il passa la nuit dans la plus grande agitation ; et, son amour et ses désirs cédant enfin à l'ambition, penchant invincible de son cœur, il fit cette réponse à Mlle du Bugei :

Mademoiselle, rien ne peut me consoler d'avoir été la cause innocente qu'on ait osé trouver quelque chose à reprendre dans la conduite d'une personne aussi respectable que vous. J'approuverai tout ce que vous ferez, sans me croire en droit de vous en demander la raison. Que je serais heureux, mademoiselle, si ma fortune et les arrangements qu'elle me force de prendre ne m'ôtaient pas la douceur d'espérer un honneur dont mon respect et mes sentiments me rendraient peut-être digne, mais que mon état présent ne me permet pas de rechercher ! J'ai l'honneur d'être, etc.

Cette lettre fut remise à M. du Bugei, suivant l'ordre qu'il en avait donné. La réponse du marquis lui fit peu de peine. Comme il avait d'autres vues pour sa fille, que le seul désir de la satisfaire eût pu lui faire changer, il regarda l'excuse de M. de Cressy comme un moyen heureux de suivre ses premiers desseins sans contraindre l'inclination d'Adélaïde. Il n'imagina pas que l'amour eût fait dans son âme une impression difficile à effacer ; il regarda son attachement comme un de ces goûts vifs, mais légers, que le temps et la dissipation détruisent. L'opinion avantageuse qu'il avait du caractère de M. de Cressy ne lui permettait pas de penser qu'il eût formé le projet odieux de séduire Adélaïde. Il crut qu'une fille sans expérience avait pu se tromper, et prendre pour de l'amour ces attentions polies et ces propos flatteurs que la galanterie a mis en usage. M. du Bugei avait de l'honneur et de la droiture, qualités qui portent toujours à bien juger des sentiments d'autrui.

Il fit appeler sa fille, et lui remettant la lettre qu'il venait de recevoir : « C'est à vous, mademoiselle, lui dit-il, à décider des torts que M. de Cressy peut avoir avec vous ; s'il vous a dit qu'il vous aimait, il vous a trompée, et vous en tenez la preuve convaincante. À votre âge on est facilement déçu. Que cette méprise vous éclaire et vous fasse éviter ce qui peut vous conduire à de semblables erreurs. Je ne veux pas, continua-t-il, aigrir le chagrin où je vous vois par une remontrance plus sévère. J'excuse ce premier mouvement, pourvu qu'il ne dure pas, et que par plus d'exactitude vous vous rendiez digne de mes bontés. Vous m'êtes chère, Adélaïde, ajouta-t-il, je vous aime, vous le savez ; mais je ne répondrais pas de vous conserver ma tendresse si vous étiez assez faible pour vous livrer encore à un penchant que vous devez rougir d'avoir laissé paraître. »

Mlle du Bugei n'était point en état de répondre : son cœur pressé d'une douleur accablante en était entièrement occupé ; ses pleurs coulaient sur son visage, sur son sein, et baignaient cette lettre fatale qui venait de détruire tout son bonheur, toutes ses espérances. Elle tomba aux pieds de M. du Bugei, et le supplia de lui permettre d'aller passer quelques jours à Chelles : elle ne désirait dans cet instant que la liberté de s'affliger sans contrainte. Il y consentit volontiers, espérant que le plaisir de revoir les compagnes de son enfance ramènerait la paix dans son cœur, et lui ferait oublier le marquis de Cressy.

La gouvernante fut renvoyée, et remplacée par une femme de chambre ; on chassa celle qu'elle avait auparavant, et la nouvelle suivit Adélaïde à Chelles. La clef de la porte de communication fut portée dans l'appartement de M. du Bugei. En remerciant Mme d'Elmont de ses avis, il prit soin de l'engager au secret sur cette affaire ; et, comme personne n'avait intérêt à la divulguer, elle fut ensevelie dans le silence.

M. de Cressy apprit la retraite d'Adélaïde par un homme à lui, qui se trouva parent de la femme de chambre qu'on venait de placer auprès d'elle. Il fut touché de son départ ; dans leurs longs entretiens, le marquis avait trop bien connu la façon de penser de Mlle du Bugei pour douter de la peine qu'elle devait ressentir dans ces premiers moments ; elle était fière, elle était sensible ; il le savait : en se rappelant sa conduite présente, après tant d'assurances d'une passion dont rien ne pouvait faire douter Adélaïde, il pensa qu'elle le mépriserait, qu'il serait l'objet de son dédain, peut-être de sa haine, lui qui l'avait été de sa plus tendre estime, des plus douces affections de son cœur. Sans dessein de réparer ses torts, il voulut les diminuer aux yeux d'Adélaïde ; il entreprit de justifier un procédé si dur ; et, saisissant le moyen que le hasard lui offrait de faire parvenir une lettre dans ses mains, il se détermina à lui écrire ; mais il trouva de la difficulté à s'exprimer. Comment demander pardon quand il sentait si bien qu'il ne méritait pas de l'obtenir ?

Quelle excuse pouvait être reçue par un cœur trompé dans ses désirs, par une personne vraie dont l'esprit juste et solide ne s'éblouirait point une seconde fois ? Il est des caractères dont la noble simplicité embarrasse l'art dans ses propres détours ; on ne peut leur en imposer qu'en abusant de la vérité même pour les séduire. M. de Cressy pensa qu'un aveu sincère lui rendrait l'estime d'Adélaïde, peut-être sa tendresse, et se détermina à lui écrire ainsi :

Est-il permis à un malheureux qui s'est privé lui-même du plus grand bonheur, d'oser vous demander son pardon et votre pitié ? Jamais l'amour n'alluma de flamme plus pure, plus ardente, que celle dont mon cœur brûle pour l'aimable Adélaïde : pourquoi n'ai-je pu lui en donner la preuve qu'elle devait en attendre ? Ah ! mademoiselle, comment oserais-je vous lier au sort d'un ambitieux, dont peut-être vous ne rempliriez pas tous les vœux ! Qui, en vous possédant, maître d'un bien si cher, si précieux, pourrait en regretter de moins estimables, sans doute, mais dont il a toujours nourri le désir et l'espérance ? Je vous avoue, je vous confie une faiblesse honteuse qui m'avilit à mes propres yeux, que je voudrais surmonter, que personne ne serait plus capa-

ble de m'aider à vaincre que vous, mais dont je ne puis m'assurer de triompher. Plaignez-moi, ne me méprisez pas, ne m'accablez pas de votre haine. Qu'une généreuse compassion vous intéresse encore pour un homme que vous estimâtes, qui vous adore, qui vous perd, et qui se déteste lui-même.

Cette lettre fut portée à Chelles, et rendue à Mlle du Bugei par sa femme de chambre, qui la lui donna sans dire de quelle part elle venait, et sans paraître instruite de l'intérêt que sa maîtresse y pouvait prendre.

Adélaïde avait lu trop souvent le premier billet de M. de Cressy pour ne pas reconnaître sa main ; elle l'ouvrit avec une émotion violente, et son trouble était si grand en la parcourant, qu'elle la recommença plusieurs fois avant de pouvoir comprendre ce qu'elle lisait : des expressions si tendres, une confidence si singulière, touchèrent d'abord son cœur ; mais en y réfléchissant, elle ne sentit que du mépris pour un homme qui pouvait préférer à ses propres désirs, à l'amour qu'il avouait, l'attente d'une fortune incertaine. Des larmes de regret et d'indignation s'échappèrent de ses yeux. « Eh ! que me veut-il ? s'écria-t-elle ; que lui importe ma haine ou mon amitié ? Que je le plaigne ! moi ! Ah ! dieu ! qui de nous deux a droit d'exciter une juste compassion ? Tranquille, heureuse, avant qu'il me parlât de sa feinte tendresse, je goûtais, en l'aimant, un plaisir dont le charme flatteur n'avait aucun mélange d'amertume. Sa vue était un bien délicieux pour moi ; elle suffisait à mes vœux innocents. Mon amour ignoré de lui, inconnu à moi-même, était un bonheur si doux, si satisfaisant ! Ah ! pourquoi m'en a-t-il privée ? Pourquoi m'en a-t-il fait connaître un autre, puisqu'il devait me l'enlever ? Ah ! je l'apprends ! les hommes sont cruels, ils se plaisent à voir fermenter dans nos cœurs le poison qu'ils y versent eux-mêmes ; ce n'est pas de notre sensibilité, mais de l'objet qui la fait naître, que nous devons nous plaindre. L'amour ne nous causerait jamais de peine, si l'homme qui nous en inspire était digne de nos sentiments. »

Elle interrompit ses réflexions pour relire encore cette lettre, pour l'examiner, en peser chaque expression ; elle semblait y chercher ce qu'elle désirait en vain d'y trouver. Sa femme de chambre vint l'avertir qu'on attendait sa réponse ou ses ordres. Adélaïde rêva quelque temps : elle balança sur ce qu'elle devait faire ; mais, se déterminant tout à coup : « Allez, dit-elle à cette fille, faites savoir à celui qui ose attendre une réponse de moi, que ma première lettre contient tout ce que j'aurai jamais à lui dire. »

En se livrant au mouvement d'une juste fierté, Mlle du Bugei croyait remporter une victoire sur elle-même ; elle s'applaudissait d'avoir eu assez de force pour réprimer le désir qu'elle avait senti d'écrire au marquis. En cachant ses sentiments, elle croyait en triompher ; mais la contrainte qu'on impose à l'amour ne l'affaiblit pas ; et, dans un cœur tendre et vraiment touché, le temps, même la réflexion, ramène vers l'objet qu'on aime, diminue insensiblement le sujet qu'on a de se plaindre, ou du moins l'éloigne, et met dans un jour favorable tout ce qui peut le faire paraître moins coupable. L'apparente franchise de M. de Cressy fit l'effet qu'il en avait espéré : Adélaïde cessa de le mépriser, son ambition lui parut moins condamnable, et bientôt elle ne sentit plus que le regret douloureux de ne pouvoir lui offrir à la fois tous les biens qu'il désirait.

Le marquis continuait de lui écrire : elle s'obstinait à ne point lui répondre, mais goûtait cependant une sorte de douceur en le voyant occupé du désir de l'apaiser ; sa situation commençait à devenir supportable, quand les ordres de son père la pressèrent de quitter sa retraite. On préparait une fête, à la cour, qui devait se terminer par un bal paré[1] : Adélaïde et Mlle de Cé étaient nommées pour y accompagner une princesse, et M. du Bugei ne voulait pas que sa fille perdît l'honneur d'y paraître à sa suite.

Toutes les dames choisies pour composer ce bal s'occupaient du soin de relever leurs charmes par les ornements qui pouvaient en augmenter l'éclat. Mme de Raisel avait fait remonter une parure de

1. Bal élégant où les femmes font valoir toilettes et parures.

diamants exprès pour la porter ce jour-là : elle passa chez la marchande où l'on garnissait son habit, et choisit avec elle les pierreries de la pièce, des tailles et des agrafes qui relèveraient sa robe.

Pendant qu'elle s'occupait de cet arrangement, on vint quereller la marchande d'un malentendu, et lui rapporter une magnifique écharpe. On la voulait en argent ; dans la confusion des ordres reçus, elle s'était trompée, et l'avait faite en or. Tandis que cette femme se désolait de sa méprise, Mme de Raisel examinait l'écharpe ; elle la trouva si belle, si riche, et d'un si bon goût, qu'elle ne put résister à l'envie de l'avoir ; et, l'ayant destinée[1] d'abord, elle l'acheta. De retour chez elle, après avoir résisté quelque temps à l'idée que cette écharpe lui avait fait naître, elle céda au plaisir de la suivre ; elle écrivit un billet à M. de Cressy, et lui envoya l'écharpe dans un moment où elle savait qu'on ne le trouverait point chez lui, par un homme sans livrée, et qu'on ne pouvait connaître pour lui appartenir.

M. de Cressy reçut le soir cette écharpe, et y fit bien moins d'attention qu'au billet qui l'accompagnait ; il y trouva ces mots :

Un sentiment tendre, timide, et qui craint de paraître, m'intéresse à pénétrer les secrets de votre cœur ; on vous croit indifférent ; vous me paraissez insensible : peut-

---

1. Comprendre : lui ayant trouvé un destinataire.

être êtes-vous heureux et discret. Daignez m'apprendre la situation de votre âme, et soyez sûr que je mérite d'obtenir votre confiance. Si vous n'aimez rien, portez au bal l'écharpe que je vous envoie : cette complaisance peut vous conduire à un sort que beaucoup d'autres envient. Celle qui se sent portée à vous préférer à tout est digne de vos soins ; elle en est digne à tous égards, et la démarche qu'elle fait en vous le disant est la première faiblesse qu'elle ait à se reprocher.

Ce billet inquiéta M. de Cressy ; toutes les femmes qui lui avaient laissé voir le désir de l'attirer près d'elles revinrent dans sa mémoire ; il chercha vainement qui pouvait en être l'auteur : il ne devina point. De toutes les femmes qu'il connaissait, Mme de Raisel fut la seule qui ne s'offrit point à son idée. Malgré tout ce qui devait lui faire rejeter ce soupçon, il s'obstina à croire que c'était une plaisanterie de la marquise d'Elmont. Il se détermina à ne point porter l'écharpe, et ne s'en occupa plus.

Le jour du bal étant arrivé, le marquis sentit un plaisir extrême en pensant qu'il allait revoir Adélaïde ; il ne croyait pas qu'un amour aussi tendre fût déjà éteint ; il le croyait seulement un peu refroidi, et se flattait de le ranimer par sa présence, d'obtenir son pardon s'il pouvait lui parler. Il ne voulait lui faire aucun sacrifice, mais il ne voulait pas perdre la douceur d'être aimé.

Parmi tant de seigneurs jeunes, galants, ornés de tout ce que le goût et la magnificence offrent de plus éclatant, le marquis de Cressy parut si bien fait, si distingué par son air et sa parure, et tellement formé pour effacer tout ce qui l'environnait, que dès l'instant où il se montra il fixa les regards et réunit tous les suffrages.

Adélaïde dansait lorsqu'il entra ; un petit murmure qui s'éleva lui fit deviner que c'était lui ; elle baissa les yeux, et n'osa plus les lever, dans la crainte de rencontrer les siens : elle était si émue qu'elle avait peine à continuer ; et l'ordre de le prendre qu'elle reçut en finissant lui causa tant d'agitation, qu'elle fut obligée de prier qu'on l'en dispensât. Son trouble était si visible qu'on la fit passer dans une salle voisine pour lui donner la liberté de respirer et de se remettre.

Quand elle rentra, le marquis la fixa avec un air d'intérêt, dont Mme d'Elmont, assise près de lui, se montra choquée ; elle voulut le badiner, et mêla tant d'aigreur à ses plaisanteries, qu'il ne put se défendre d'en mettre un peu dans ses reparties.

Mme de Raisel, assez près d'eux pour ne rien perdre de leurs discours, s'aperçut avec chagrin que le marquis ne portait point son écharpe, et même qu'il soupçonnait Mme d'Elmont du présent et de la lettre. Elle voulut interrompre une conversation qui lui déplaisait, elle se leva, s'approcha d'eux, et les força de terminer leur querelle. Le marquis, fatigué des propos de Mme d'Elmont, sut

tant de gré à Mme de Raisel d'être venue l'en dé-
livrer, que pour la première fois il la regarda avec
attention.

Elle était si belle ce soir-là, elle avait un air si
noble, si touchant, qu'on ne pouvait la regarder
sans ressentir pour elle de la tendresse et du respect.
Elle railla la marquise d'Elmont sur sa mauvaise humeur, plaisanta M. de Cressy, en l'accusant d'en
être la cause, et mit tant d'esprit, de grâce et de
légèreté dans ce badinage, que le marquis s'étonna
d'avoir pu la voir si longtemps sans connaître
combien elle était aimable.

Mais il cherchait à s'approcher d'Adélaïde ; et,
malgré tous les soins qu'elle prit pour l'éviter, il
parvint à se placer auprès d'elle. Il lui parla assez
longtemps, sans qu'elle daignât lui répondre, ni
paraître attentive à ce qu'il lui disait ; ce silence
méprisant piqua vivement le marquis ; il lui dit
qu'elle feignait dans ce moment, ou l'avait trompé
dans un temps où elle lui permettait de penser
que ses sentiments la touchaient. « Je n'ai jamais
feint, interrompit Mlle du Bugei ; mais le temps
et les événements changent les dispositions de nos
cœurs ; si le mien n'est plus le même, vous ne
pouvez vous en plaindre avec justice. Cependant
comme j'ignore quelle personne a pris soin d'avertir mon père d'une conduite que je me reproche,
et qu'on peut m'observer ici, vous m'obligerez en
vous éloignant. »

L'air de fierté dont elle prononça ce peu de mots déconcerta M. de Cressy ; il voulut lui parler encore, mais en vain ; elle se leva sans l'écouter, et fut se placer ailleurs.

Cette froideur et ce dédain, plus puissants sur le marquis que l'amour ne l'avait été, portèrent au fond de son cœur un trait si vif, qu'il pensa que sans Adélaïde, sans sa tendresse, il n'était plus ni repos ni bonheur pour lui. Il s'abandonna au regret de l'avoir offensée ; il voulut la ramener, à quelque prix que ce pût être ; et, quittant le bal dès que la bienséance le lui permit, il courut chez lui pour lui écrire, dans le dessein de lui faire tenir sa lettre cette nuit même.

Mlle du Bugei ne put se défendre d'observer les mouvements du marquis : elle vit combien il paraissait touché de son indifférence ; mais, loin de s'applaudir du chagrin qu'elle venait de lui donner, elle en ressentit un véritable quand il sortit. Mme de Raisel s'aperçut de sa tristesse, et lui en demanda la cause avec tant de marques d'intérêt, qu'Adélaïde attendrie ne put retenir ses larmes. La comtesse en fut émue ; elle lui reprocha doucement que depuis six mois elle la négligeait, et, la pressant de lui ouvrir son cœur, elle lui laissa voir qu'elle croyait l'amour la source de ses peines. « Ce n'est ni le temps ni le lieu de vous confier ce qui m'agite, lui dit Mlle du Bugei ; mais à mon retour de Gersay, où je dois passer quelques jours, j'irai vous demander vos conseils et votre indulgence. » Mme de Raisel lui promit tous les secours que l'on pouvait attendre d'une amie zélée et sincère ; elles s'entretinrent assez longtemps, et ne se séparèrent que lorsque la princesse, en se retirant, fit avertir Adélaïde ; elle sortit avec plaisir d'un lieu où elle n'était pas libre de réfléchir sur ce qui l'occupait uniquement.

En maltraitant M. de Cressy, elle croyait remplir son devoir ; mais les démarches que la raison nous conseille ne sont pas celles qui donnent le plus de satisfaction à notre cœur.

À peine Adélaïde rentrait dans son appartement, et commençait peut-être à désapprouver sa fierté, qu'Hélène, sa femme de chambre, lui présenta une lettre qu'on venait de lui donner de la part du marquis ; elle l'ouvrit avec empressement, et y trouva ce qui suit :

Vous me punissez trop, mademoiselle, j'ose vous dire que vous me punissez trop ; quelque coupable que j'aie dû vous paraître, votre ressentiment va trop loin. Tant de hauteur dans un caractère aussi doux que le vôtre est la marque assurée d'un mépris que je ne peux supporter. Non, belle Adélaïde, votre malheureux amant ne peut vivre et se croire haï de vous. Ah ! rendez-moi vos premières bontés, et mettez un prix à cette faveur précieuse, tout me sera facile pour l'obtenir. Mais puis-je encore espérer le bien qui m'était offert ? Me sera-t-il permis de le demander ? Voudra-t-on me l'accorder ? Oui, si vous le désirez. Consentez à me parler ; j'ai

besoin d'un entretien avec vous ; il faut que votre bouche
prononce mon pardon, qu'elle m'assure que vous ne me
haïssez pas, que vous m'aimez encore ; ne refusez pas
cette grâce à l'amant le plus tendre, le plus passionné et
le plus repentant qui fut jamais ; daignez régler sa desti-
née : elle est dans vos mains. Ah ! que n'immolera-t-il
pas au bonheur de vous convaincre qu'il vous adore !

Quel mouvement de joie pénétra le cœur de la
tendre Adélaïde à ces assurances flatteuses d'un
changement si peu attendu, si peu espéré ! La
présence d'Hélène ne put contenir ses transports.
« Ah ! qu'ai-je lu ? s'écria-t-elle ; mes yeux ne
m'ont-ils point trompée ? Se pourrait-il que, revenu de cette fatale ambition qui l'arrachait à
moi, à mon amour, il formât le désir sincère de
me la sacrifier ? Quoi ! je passerais tous les instants
de ma vie avec lui ! je le verrais sans cesse ! il
m'aimerait toujours ! je pourrais l'aimer, l'adorer,
le dire ; mettre ma gloire à faire éclater ces mêmes
sentiments dont on m'a dit que je devais rougir,
qu'il fallait nourrir avec honte ou étouffer avec
douleur ! Ah ! quel sort ! quel heureux sort que
celui qui me lierait pour jamais au sien ! » En-
chantée par ces riantes idées, Mlle du Bugei crut
pouvoir répondre, et le fit ainsi :

Non, je ne vous hais point, je ne puis jamais vous
haïr ; mon devoir et l'obéissance que je dois aux ordres
de mon père ont pu seuls me déterminer à vous retirer les

marques de mon amitié. Si mon estime et ma confiance
sont nécessaires au bonheur de votre vie, vous savez par
quel moyen vous pouvez vous les assurer pour toujours.
J'ai promis, et ma parole m'engage à éviter de vous voir
et de vous parler ; je n'abuserai point de l'indulgence
d'un père qui m'a pardonné avec bonté ; et puis, que
vous dirais-je dans l'entretien que vous me demandez ?
Qu'importe que ma bouche prononce ce pardon, si mon
cœur vous l'accorde, si ma main vous donne une preuve
que vous l'avez déjà obtenu ? Adieu ; si vous m'aimez,
songez qu'il n'est qu'une seule marque de votre amour
que vous puissiez offrir à Adélaïde.   le mariage

Hélène se chargea du soin de remettre ce billet
à M. de Cressy, et Mlle du Bugei, après avoir relu
mille fois celui de son amant, s'endormit enfin
dans l'état le plus tranquille où elle se fût trouvée
depuis longtemps.

Cette fille qui servait Adélaïde était une de ces
basses créatures guidées par l'intérêt, qui, dans les
événements où le hasard les mêle par le besoin de
leurs démarches, de leur complaisance, voient
seulement le profit qu'elles peuvent tirer, et s'em-
barrassent peu des conséquences qui trop souvent
résultent de leur entremise. Gagnée par M. de
Cressy, sa libéralité la lui attachait entièrement.

En lui donnant le billet d'Adélaïde, elle lui fit
un récit exact de la joie que le sien avait excitée
dans son cœur. Ce détail enflamma le marquis ; il
brûlait du désir de voir Mlle du Bugei et de lui

parler. Il se plaignit à Hélène du refus de sa maîtresse ; il en parut si touché, que cette fille, espérant qu'il la récompenserait généreusement si elle lui procurait un plaisir qu'il souhaitait avec tant d'ardeur, lui offrit de l'introduire dès le soir même par le jardin, et lui fit voir la facilité de ce projet. Elle avait remarqué l'endroit où M. du Bugei tenait la clef de la porte de communication ; elle pouvait s'en saisir pendant le jour, ouvrir cette porte, et remettre la clef sans qu'on s'en aperçût. M. du Bugei se retirant de bonne heure, et sa fille ayant l'habitude de se promener fort tard, M. de Cressy pouvait passer quelque temps avec elle sans donner aucun soupçon.

Il accepta cette offre avec ravissement ; il lui donna une lettre pour sa maîtresse, remplie des plus tendres protestations d'un amour éternel, et de l'assurance de lui en donner des preuves éclatantes et sincères. Hélène, contente de sa reconnaissance, le quitta après être convenue avec lui de l'heure où il se trouverait à la porte, et du signal qu'elle ferait pour l'avertir de l'instant où il pourrait paraître.

M. de Cressy passa tout le jour dans l'impatience de voir arriver cet heureux moment qui devait le rapprocher d'Adélaïde ; occupé du plaisir qu'il se promettait à l'entendre lui parler encore avec cette douceur et cette ingénuité qui la rendaient si intéressante, il semblait avoir oublié tout le reste. Mlle du Bugei l'emportait alors dans son cœur sur tout ce qui avait combattu ses charmes ; le bonheur de l'aimer, de lui plaire, faisait sa seule ambition. Il ne concevait pas l'aveuglement qui l'avait porté à négliger un bien si doux ; et tout ce qu'il comparait à elle, à ses sentiments, à la certitude d'être l'objet de son amour, de ses préférences, lui paraissait peu digne de ses regrets.

Onze heures arrivèrent enfin, il se rendit au lieu marqué ; il s'approcha doucement de la porte : la voix de deux personnes, qui se parlaient en dedans, lui causa de l'inquiétude ; il prêta l'oreille, et connaissant que c'était Adélaïde et Hélène qui s'entretenaient ensemble, il attendit en silence que cette dernière fît le signe dont ils étaient convenus. Une branche d'arbre jetée par-dessus le mur l'avertit qu'il pouvait entrer : la porte n'était que poussée, il la remit dans l'état où il l'avait trouvée, s'avança jusqu'au lieu où Adélaïde le souhaitait peut-être, mais où elle ne l'attendait pas.

La lune éclairait si parfaitement, que Mlle du Bugei connut d'abord le marquis : la surprise, l'embarras, un trouble mêlé de joie et d'inquiétude, lui ôtèrent pendant quelque temps la force de parler. Elle voulait s'éloigner, elle se plaignait d'Hélène, elle n'osait écouter son amant ; le marquis à ses genoux ne voulait point abandonner une de ses mains dont il s'était saisi qu'elle n'eût prononcé le pardon qu'il lui demandait. L'aimable Adélaïde céda à l'attendrissement de son cœur :

elle pleura, et ses larmes, que l'amour faisait couler, furent le sceau de ce pardon tant désiré.

Que de serments d'aimer toujours suivirent cette douce réconciliation ! Qu'Adélaïde goûtait de plaisir à les entendre ! Elle les répétait tout bas, et jurait en secret de remplir tous les engagements que son amant prenait : cependant elle ne voulait point qu'il restât longtemps avec elle ; elle le pressait de se retirer ; mais, Hélène se joignant à lui pour l'obliger à lui accorder la liberté d'un plus long entretien, dans la crainte d'être aperçus des appartements, ils la déterminèrent à passer dans le jardin public, qui à cette heure était fermé, et où l'on pouvait s'assurer de ne rencontrer personne.

Adélaïde tremblait à chaque pas ; mais rassurée enfin, et perdant toute autre idée pour ne s'occuper que de son amour, elle marcha assez longtemps appuyée sur M. de Cressy, qui, charmé de se voir auprès d'elle, et dans une si grande liberté, lui parlait avec une passion bien capable de lui faire oublier et l'univers et elle-même. Ils s'avancèrent à pas lents vers une pièce d'eau qui terminait le parterre. Adélaïde s'assit sur le gazon dont le bassin était bordé ; et, pour ne pas troubler leur entretien, Hélène continua de se promener à un peu de distance.

Leur conversation s'anima : Adélaïde avait déjà oublié qu'elle pouvait faire des reproches ; le plaisir et l'espérance lui ôtaient le souvenir des fautes de son amant ; elle n'était occupée que du bonheur de le voir et de l'entendre.

Le silence profond qui régnait dans ce lieu, la beauté de la nuit, le parfum qui s'exhalait des fleurs, l'air enflammé de la saison, cette solitude où ils se trouvaient tous deux, le négligé d'Adélaïde, vêtue d'une robe simple et légère, que le moindre vent faisait voltiger, sa tête sans ornement, et sa gorge demi-nue, élevèrent peu à peu dans l'âme du marquis ces désirs ardents, impétueux, si difficiles à réprimer, quand l'occasion de les satisfaire augmente encore l'empire que les sens prennent sur la raison.

La joie qu'il voyait briller dans les yeux de Mlle du Bugei, l'air paisible dont elle l'écoutait, le sentiment qui se peignait sur son visage quand il pressait sa main, quand il osait l'approcher de sa bouche, allumèrent une ardeur si vive dans son sein, qu'il ne put en contenir les transports. Il prit Adélaïde dans ses bras, et la serrant tendrement, il imprima sur ses lèvres un de ces baisers de feu dont le murmure aimable éveille l'amour et la volupté. Adélaïde surprise céda, pour un instant, à l'attrait d'un plaisir inconnu ; elle sentit la première atteinte de cette sensation flatteuse qui conduit à ce doux égarement où la nature, par l'oubli de tout ce qui contraint ses mouvements, semble nous ramener à son heureuse simplicité.

Il fut court, cet oubli ; Mlle du Bugei, confuse en revenant à elle-même, se plaignit de son amant ;

elle voulut fuir ; mais il était à ses genoux ; il convenait de sa faute ; il demandait grâce, il l'obtint ; un tendre raccommodement suivit cette querelle, et peut-être en renouvela la cause. Combien de fois Adélaïde se fâcha, et que de pardons elle accorda ! Contente qu'il n'en coûtât rien à son innocence, elle ne s'apercevait pas de tout ce qu'il en pouvait coûter à son cœur. Que cette nuit augmenta son amour ! Que le marquis lui parut digne de son attachement, et que de traits le gravèrent pour jamais dans son âme !

Il fallut enfin se séparer, le jour allait paraître. Ils convinrent, avant de se quitter, que le marquis attendrait le retour de M. du Bugei pour lui parler. Adélaïde voulait avoir le temps de prévenir son père, dans la crainte que les refus du marquis n'eussent changé ses dispositions : elle partait avec lui dans six jours ; et, le marquis insistant pour la revoir encore une fois, elle consentit qu'il revînt la veille de son départ ; elle lui permit de lui écrire tous les jours, et le quitta charmée de lui et de la nouvelle situation où elle se trouvait.

Pendant qu'elle se livrait aux plus agréables espérances, Mme de Raisel s'affligeait de la méprise du marquis ; en continuant de lui écrire sans se faire connaître, elle s'était flattée de l'inquiéter, même de l'intéresser : c'était un moyen de se procurer le plaisir de l'occuper, de lui parler de son amour, peut-être d'en faire naître dans son cœur. Il n'était pas étonnant qu'en croyant l'écharpe un présent de Mme d'Elmont, il n'eût pas daigné la porter : Mme de Raisel n'osait paraître, mais elle désirait que M. de Cressy la devinât. Un mouvement injuste, et pourtant naturel, lui faisait haïr la marquise ; cette femme lui paraissait la cause du peu d'attention du marquis pour sa lettre. Elle voulut au moins ôter à M. de Cressy une idée dont elle se sentait blessée, et dans ce dessein elle lui écrivit ce billet :

Quand la fortune et l'amour s'unissent pour vous préparer un sort digne de vous ; quand on veut diriger vos pas vers un objet qui mérite votre attachement, pouvez-vous vous méprendre d'une façon si humiliante pour moi ? Celle qui vous a donné mille preuves d'une folle passion ne doit attirer que vos mépris ; et c'est vous égarer que de chercher en elle un cœur dont on vous assure que l'honneur et la modestie règlent les mouvements. Levez les yeux plus haut ; parmi celles qu'on estime le plus, vous trouverez la personne qui peut s'attendre aux attentions, aux soins, même à la tendresse de M. de Cressy.

Ce billet, envoyé avec les mêmes précautions que le premier, fut rendu au marquis dans un instant où, tout rempli d'Adélaïde, il paraissait peu porté à recevoir d'autres impressions. Pourtant ce second aveu d'un amour délicat, le mystère qui l'accompagnait, la fortune dont on parlait, et ces mots : « Levez les yeux plus haut », le firent rêver profondément. Il se voyait recherché par une femme riche et d'un rang élevé. Mme de Raisel s'offrit enfin à sa pensée ; elle était d'une maison si distinguée, avait des mœurs si régulières, un bien si considérable, de si grandes alliances, qu'elle pouvait prendre ce ton sans orgueil : mais, en examinant sa conduite avec elle, il abandonnait un soupçon peu fondé. Quelle apparence que Mme de Raisel, une femme si désirée, prévînt le seul homme peut-être capable de la négliger ?

Dans cette confusion d'idées, son ambition se réveilla ; il sentit renaître une passion que le désir de regagner Adélaïde avait affaiblie, mais sans la détruire. Il ne lui trouva plus ces grâces séduisantes dont il se croyait si touché ; son penchant pour elle lui parut une faiblesse ; il craignit d'y trop sacrifier, se repentit de l'avoir apaisée, de l'avoir revue, de l'avoir aimée : cependant il s'était lié par ses promesses, par les serments les plus forts ; l'honneur l'engageait à les remplir. Mais que sa voix est faible dans un cœur où l'ambition préside, qui, se laissant séduire à l'appât des richesses, au vain éclat des grandeurs, préfère dans son ivresse les dehors du bonheur au bonheur même !

Ce jour et ceux qui suivirent s'écoulèrent dans un tumulte de sentiments divers qui se combattaient et se détruisaient sans cesse. Celui où le marquis devait revoir Adélaïde arriva, et le surprit encore dans l'incertitude où l'avait jeté le billet de Mme de Raisel.

Dans ces dispositions où se trouvait M. de Cressy, il eût été prudent de ne point voir Adélaïde, de s'excuser près d'elle, et de profiter du temps de son éloignement pour se déterminer ; mais les êtres inconséquents qui nous donnent des lois se sont réservé le droit de ne suivre que celles du caprice.

Pendant que le marquis se livrait à son inquiétude, des mouvements bien différents agitaient Mlle du Bugei ; contente de son amant, sans crainte, sans défiance, se reposant sur sa foi, sur son amour, le plus heureux avenir s'ouvrait devant elle. Avec quelle complaisance, avec quel plaisir elle songeait qu'elle allait porter ce nom chéri, ce nom qu'elle n'entendait jamais prononcer sans émotion ! Les chagrins que le marquis lui avait donnés s'effaçaient de son souvenir ; elle envisageait avec ravissement le bonheur qui l'attendait au retour de cette courte absence dont elle comptait déjà les moments. Son imagination, séduite par ces agréables idées, la faisait jouir de ses espérances dans l'instant même qui allait les renverser, et la priver pour jamais d'une erreur qui lui était si chère.

Elle revit le marquis avec tous les transports d'une joie naïve et d'une tendresse véritable, dont elle ne cherchait point à lui cacher la vivacité. Ils parlèrent longtemps de leur union prochaine, et des arrangements qu'ils prendraient pour la hâter. Ces projets qu'ils formaient ensemble augmentaient la gaieté de Mlle du Bugei. Jamais elle n'avait été plus enjouée : le marquis, dont les intentions n'étaient plus les mêmes, avait la cruauté de la laisser s'abandonner à ces illusions flatteuses. Elle était sortie de chez elle, et se promenait avec lui : pour mieux cacher le changement de son cœur, il se montrait plus passionné qu'auparavant ; il affectait un air attendri, pénétré, l'entretenait avec feu d'une ardeur déjà refroidie, et dont les faibles restes n'avaient pour objet que lui-même.

Le respect cesse quand l'amour finit ; soit que ses réflexions eussent assez diminué le sien pour lui faire perdre de vue ce qu'il devait à Mlle du Bugei, soit que sa confiance et la facilité d'en abuser lui fissent naître le désir d'éprouver jusqu'où la tendresse et la bonne foi peuvent conduire une jeune personne gardée seulement par l'innocence de ses pensées, il osa former le dessein de devoir à la séduction un bien qu'il ne voulait plus acquérir par les lois de l'honneur : il devint pressant, hardi. Ces mêmes faveurs qu'il avait dérobées quelques jours auparavant, longtemps disputées, enfin accordées, ne pouvaient le satisfaire ; il demandait sans cesse, obtenait toujours, et se plaignait encore. Ses soupirs brûlants, étouffés par la violence de ses désirs, ses larmes feintes, ses prières soumises, ardentes, cette phrase si simple en apparence, si souvent employée, et toujours trop puissante sur le cœur d'une femme : Vous ne m'aimez pas… Si vous m'aimiez… ! mille et mille fois répétée par lui, confondaient Adélaïde. Elle aimait, elle ne pouvait souffrir que son amant doutât de son amour. De moment en moment il en exigeait une preuve nouvelle ; et plus elle donnait, moins il paraissait disposé à borner ses prétentions.

Hélène était éloignée, le temps un peu couvert répandait dans le jardin une obscurité trop favorable aux intentions de M. de Cressy. La tendre et crédule Adélaïde, conduite par lui sous un feuillage épais, abandonnée à l'imprudence de son âge, à l'ignorance du péril, à la foi de son amant, semblait s'être oubliée ; son cœur, tout entier à l'amour, n'était distrait par aucun autre objet ; sans prévoir où la guidait une question captieuse, elle y avait répondu, elle avait dit qu'elle désirait qu'il fût heureux, qu'elle ferait tout pour assurer son bonheur ; elle le disait encore quand la témérité du marquis portée à l'extrême, la tirant de cette ivresse dangereuse, lui rendit sa raison et la force de s'opposer à ses entreprises.

Elle s'arracha de ses bras avec un cri d'horreur ; et s'élançant hors du bosquet, elle appela Hélène à haute voix, sans s'embarrasser, dans son effroi, si d'autres pouvaient l'entendre. Hélène accourut ; Mlle du Bugei, un peu rassurée à sa vue, n'ayant pas la force de se soutenir, s'appuya contre un arbre ; et laissant tomber sa tête sur le sein de cette fille qu'elle tenait embrassée, elle se mit à pleurer avec toutes les marques d'une douleur excessive. Le marquis, honteux d'une tentative qui lui avait si mal réussi, prosterné à ses pieds, s'efforçait, mais en vain, de l'apaiser ; elle ne l'écoutait pas, et continuait à s'affliger sans paraître s'apercevoir ni de sa présence ni de ses soumissions. Faisant enfin un effort sur elle-même, elle le repoussa de la main, fit quelques pas, et levant au ciel ses yeux baignés de larmes : « Ô mon père ! s'écria-t-elle, vous me l'aviez dit, et il n'est que trop vrai ; celui qui vous cachait ses desseins en formait contre moi ! » Elle se promena quelque temps sans s'éloigner, rêvant profondément ; ensuite, s'appuyant sur Hélène, elle reprit le chemin de chez elle sans répondre une seule fois à tout ce que le marquis disait pour la fléchir. Elle était prête à rentrer, lorsqu'il l'arrêta et la supplia de l'écouter.

« Je ne veux rien entendre, lui dit-elle avec beaucoup de fierté ; je vous méprise et je vous hais. Je conçois à présent les raisons de la conduite bizarre que vous avez tenue avec une fille à laquelle vous deviez du respect, et que tout autre que vous n'eût osé choisir pour l'objet d'un amusement que la plus vile de son sexe pouvait vous procurer. Je suis punie, cruellement punie, ajouta-t-elle, de cette fatale prévention qui m'a fait vous aimer, qui m'a fait croire que vous méritiez tout l'amour que je sentais pour vous. Avec quel art vous m'avez trompée, et que mon cœur le soupçonnait peu ! mais ce cœur vous échappe ; non, il n'est plus à vous, et regarde comme un bien le trait qui, en le déchirant, l'éclaire sur la bassesse du vôtre. Rendez-moi ma lettre, continua-t-elle ;

rendez-moi ce témoin d'une odieuse faiblesse : et puissé-je ne me rappeler jamais le malheureux penchant qui m'entraînait vers vous, que pour me souvenir combien vous en fûtes indigne ! »

Le marquis, consterné par ses reproches, hésitait encore ; il ne savait ce qu'il devait faire ; il ne voulait point lui rendre sa lettre, il la suppliait de lui laisser le seul gage qu'il eût de ses bontés ; il pressait, il pleurait, il lui représentait tout ce qu'il croyait capable de calmer son esprit et de dissiper sa colère ; mais rien ne pouvait effacer l'impression qu'elle venait de prendre de son caractère ; il n'était plus temps de lui en imposer : blessée jusqu'au fond du cœur, elle ne pouvait plus pardonner.

Elle réitéra sa demande avec un ton et des expressions qui forcèrent le marquis de la satisfaire. Dès qu'elle eut sa lettre, elle marcha précipitamment, et rentra sans daigner écouter les excuses ni les plaintes de M. de Cressy.

Quelle nuit passa la triste Adélaïde ! Il n'est point de peines plus difficiles à supporter que celles que l'amour nous cause. Quel mal que celui que la réflexion aigrit, et qui mêle la honte à l'oppression de la douleur ! Elle frémissait en pensant au danger qu'elle avait couru ; le bonheur de l'avoir évité était une consolation pour elle : mais à quel prix elle en jouissait ! par la perte de ses désirs, de son amour, de tous ses projets flatteurs qui l'avaient si agréablement occupée ; il fallait renoncer à toutes ses espérances ; il fallait mépriser celui qu'elle adorait encore.

Ce n'est pas toujours son amant qu'on regrette le plus quand on est forcé de lui retirer son cœur ; c'est le sentiment dont on était touché, c'est le prestige aimable qui s'évanouit, c'est le plaisir d'aimer ; plaisir si grand pour une âme tendre, qu'elle ne voit rien qui puisse remplacer la douce habitude qu'elle avait prise de s'y livrer.

Adélaïde voulut relire cette lettre que le marquis lui avait rendue. Mais quel étonnement pour elle en voyant, au lieu de son écriture, celle de la comtesse de Raisel, écriture qui lui était parfaitement connue ! M. de Cressy, trompé par la forme égale de ces deux billets, venait de mettre entre les mains d'Adélaïde celui qu'il avait reçu de Mme de Raisel.

Confuse, désespérée à cette lecture, elle ne douta point qu'elle n'eût été sacrifiée à la vanité du marquis : elle crut se reconnaître dans cette personne qu'on accusait de lui donner des marques d'une folle passion. Un cœur pressé par la tristesse adopte aisément tout ce qui peut l'affliger encore. Elle pensa que la comtesse était instruite de tout ce qu'elle avait fait pour le marquis de Cressy ; elle se rappela ce que Mme de Raisel lui avait dit au bal, et regarda sa compassion comme une cruelle raillerie ; elle se vit trahie, et se crut déshonorée ; elle éclata en pleurs, en gémissements, en cris douloureux, et passa le reste de la nuit à se plaindre avec Hélène du malheur de sa destinée. Mais comme elle voulait absolument ravoir la lettre qu'elle avait cru reprendre, elle se détermina le matin à écrire ce billet à M. de Cressy :

Vous vous êtes trompé, monsieur ; je vous renvoie la lettre de Mme de Raisel, et vous prie instamment de me rendre la mienne. Je ne croyais pas qu'il y eût quelqu'un au monde à qui on pût reprocher ses sentiments pour moi, ni que personne osât jamais me soupçonner d'avoir donné des preuves d'une folle passion. C'est bien assez pour me faire rougir de vous en avoir donné d'une tendresse pure et véritable, que vous étiez indigne d'inspirer. Rendez ma lettre à Hélène, et soyez à jamais sûr du mépris d'Adélaïde.

Elle joignit à ce billet tous ceux qu'elle avait reçus du marquis, et chargea Hélène de lui rendre ce paquet avec un ordre positif de ne rapporter d'autre réponse que celle qu'elle demandait.

Cette fille s'acquitta de sa commission ; mais elle n'eut pas besoin d'insister longtemps sur le refus d'une réponse pour sa maîtresse. Le marquis, charmé de la découverte qu'il venait de faire, était bien éloigné de songer à se justifier auprès d'Adélaïde ; et, s'il feignait de le vouloir faire, c'était par une suite de cette dissimulation qui lui était naturelle et que les caractères faux emploient, même lorsqu'elle leur est inutile.

La lettre que Mlle du Bugei demandait lui fut rendue, et l'après-midi du même jour elle suivit son père à Gersay. L'effort qu'elle se faisait pour cacher sa douleur, le chagrin dont elle était accablée, lui causèrent, dès le lendemain de son arrivée, une fièvre violente ; et bientôt son mal augmenta si considérablement qu'il parut impossible de la retirer d'un état si dangereux.

Pendant qu'elle se mourait à Gersay, l'objet d'un sentiment si tendre, d'une passion si vive, d'une situation si déplorable, déjà dégagé des faibles liens qui l'attachaient à elle, par une basse ingratitude oubliait et son amour et les peines qu'elle devait ressentir.

Un des avantages de la supériorité de l'âme d'un homme sur la nôtre est cette force d'esprit dont il se sert pour étouffer les remords qu'élève au fond de son cœur le souvenir d'une femme sensible et malheureuse : sensible, parce qu'un ingrat a désiré de l'attendrir ; malheureuse, parce qu'elle a honoré son amant d'une estime qu'il ne méritait pas de lui inspirer.

M. de Cressy oublia l'aimable Adélaïde pour se livrer à la joie d'être aimé de Mme de Raisel. Il lut plusieurs fois son billet, et se dit avec transport qu'en effet l'amour et la fortune s'unissaient en sa faveur et travaillaient de concert à combler tous ses vœux.

La comtesse, parée de mille dons flatteurs, offrait à son idée une foule de plaisirs dont il jouirait avec elle et par elle ; le faste, l'éclat, les grâces, la beauté, un titre qu'il ambitionnait, et que cette alliance pouvait lui procurer avec le temps : que de raisons pour rendre ses poursuites ardentes ! Mais il fallait cacher cette ambition qui le guidait vers elle ; il fallait prévenir le tort que son procédé pour Adélaïde pouvait lui faire dans l'esprit de Mme de Raisel, si jamais elle en était informée. Après l'avoir vue si longtemps avec indifférence, il n'osait se montrer tout à coup amant passionné, encore moins paraître instruit de ses sentiments. Il craignait de blesser son orgueil ou sa délicatesse en l'arrêtant dans la route qu'elle s'était tracée, et que peut-être elle prenait plaisir à suivre.

Ces considérations le portèrent à en agir en apparence comme il avait coutume de faire ; il n'alla pas plus souvent chez Mme de Raisel, mais il se renferma sans affectation dans le cercle où elle vivait : sans lui parler d'un amour dont il voulait qu'elle fût persuadée, il se conduisit de façon à faire juger à tout le monde qu'il en ressentait un violent pour elle ; il ne semblait jamais ni l'attendre ni la chercher. Mais une rêverie où il paraissait s'abandonner, et dont sa présence le retirait ; l'embarras que ses moindres plaisanteries lui causaient ; une application continuelle à étudier ses goûts ; l'air naturel dont il les adoptait, toutes ces petites choses qui ne prouvent aux personnes indifférentes que les attentions de l'amitié, mais qu'un cœur prévenu prend pour les soins de l'amour ; l'art de développer ses talents, de se parer des qualités brillantes d'un caractère estimable : tout fut employé, et tout réussit au marquis au-delà de ses espérances ; la comtesse le crut aisément tout ce qu'il voulait paraître.

Les hommes s'épargneraient la plus grande partie des peines qu'ils se donnent pour nous en imposer, s'ils pouvaient s'imaginer combien la noblesse de nos idées leur donne de facilité pour nous tromper. Une femme croirait se dégrader en supposant des vices à l'objet qu'elle a choisi pour celui de ses affections ; et, dès qu'elle aime, elle accorde plus de vertus à son amant qu'il n'ose en feindre.

Tout le monde assurait Mme de Raisel que le marquis de Cressy l'aimait ; c'était avec plaisir qu'elle l'entendait dire. Elle craignait encore de se livrer à une joie que l'événement pouvait détruire : cependant elle avait pour lui les distinctions les plus flatteuses, et n'attendait que l'aveu de ses sentiments pour lui montrer combien les siens étaient tendres et sincères.

Il commençait à se rendre assidu chez elle, lorsqu'un jour une légère indisposition lui faisant garder la chambre, M. de Cressy fut admis, malgré le dessein formé qu'elle avait pris de ne voir personne. Elle était rêveuse, même triste. Le marquis, se conformant à l'air sérieux qu'il lui voyait, lui en demanda la raison avec toute l'apparence de la plus tendre inquiétude. La comtesse lui dit qu'une personne qu'elle aimait avait été fort mal, et ne jouissait encore que d'une santé très languissante ; qu'elle venait de l'apprendre dans le moment : elle ajouta que c'était une personne charmante, et tout de suite elle nomma Mlle du Bugei.

Le marquis perdit toute contenance à ce discours ; il changea de couleur, et resta les yeux baissés dans un silence qui surprit la comtesse. « Je vois, lui dit-elle en l'examinant avec attention, que cette nouvelle vous donne bien de l'émotion, je suis fâchée de vous l'avoir annoncée avec si peu de ménagement ; mais j'ignorais l'effet qu'elle pourrait produire sur vous. » Et, voyant qu'il continuait à se taire : « Je ne savais pas, ajouta-t-elle, que vous eussiez des liaisons particulières avec Adélaïde ; je l'aime, sa perte m'eût infiniment touchée, et je ne sais pourquoi vous rougissez de montrer que vous y seriez encore plus sensible.

— Si j'ai quelques liaisons avec Mlle du Bugei, madame, reprit le marquis, elles sont d'une espèce à me chagriner le reste de ma vie. Je puis rougir et paraître confus en apprenant l'état où elle s'est trouvée, puisque j'ai tout lieu de m'accuser d'en être la malheureuse cause. — Vous ! s'écria la comtesse. — Ah ! madame, interrompit M. de Cressy, suspendez votre jugement ! Je suis homme, jeune, vain peut-être. Je ne prétends pas que ma conduite soit exempte de tout reproche : j'ai des torts, je les sens, je ne puis me les pardonner. Mais si vous saviez… si mon cœur vous était mieux connu, peut-être ne me condamneriez-vous pas ? — Il est difficile de vous comprendre, dit la comtesse un peu troublée ; en supposant que l'intérêt vif que vous prenez à Mlle du Bugei décèle un tendre penchant, pourquoi donc rougiriez-vous en le laissant paraître ? Par quelle singularité votre amour serait-il un malheur pour elle ? Quels sont ces torts que vous vous reprochez, que vous craignez de ne pouvoir vous pardonner ? S'il vous est possible de me les faire connaître, sans que cette confidence offense Adélaïde ou lui nuise, vous m'obligerez par votre confiance. Si les mouvements de notre cœur dépendaient de nous, de nos réflexions, reprit M. de Cressy, Adélaïde serait heureuse, et je ne sentirais pas le regret affreux d'avoir troublé son repos et détruit au moins pour quelque temps la douceur et l'agrément de sa vie. Mais, madame, comment vous avouer une légèreté, une indiscrétion, que rien ne peut excuser ? C'est une faute que je n'oublierai point, et dont le souvenir m'affligera sans cesse. »

Mme de Raisel, pénétrée de l'air et du ton dont il s'exprimait, réitéra la prière qu'elle lui avait faite, et le pressa de lui apprendre ce qui causait sa peine. M. de Cressy, charmé de trouver cette occasion de la prévenir sur la seule chose qui pouvait lui découvrir sa façon de penser, feignant de céder à ses instances :

« Je vais, madame, lui dit-il, m'exposer à perdre par ma sincérité une partie de l'estime dont vous m'honorez ; mais pouvez-vous former un désir qu'il soit en mon pouvoir de satisfaire, sans que mon cœur vole au-devant de vos vœux ?

« Vous n'ignorez pas, madame, avec quelle indifférence j'ai vu toutes les femmes, même celles qui ont paru me distinguer. Occupé du soin de faire ma cour, de remplir les devoirs que mon état m'impose, d'acquérir des amis, j'ai évité de me livrer à des amusements peu faits pour me séduire. Un naturel sensible, un caractère vrai, m'ont fait envisager l'amour comme une passion qu'il était heureux de sentir, mais ridicule de feindre. Dans ces dispositions, je vous vis, madame, et mon cœur me dit que vous étiez la seule personne qui pût m'inspirer ces sentiments délicieux qui, nés de l'admiration, accrus par le respect, entretenus par l'estime et soutenus par l'amitié, remplissent tous les vides de l'âme, et forment ces chaînes douces et durables que le temps ne peut rompre ; mais la différence de nos fortunes, le bruit répandu du peu de goût que vous montriez pour prendre de nouveaux engagements, tant de partis plus avantageux que vous aviez éloignés, assez de hauteur peut-être pour craindre d'essuyer des refus, mille raisons me forcèrent à cacher l'ardeur que vous m'inspiriez. Je voulus en triompher ; je contraignis mes désirs qui m'entraînaient sur vos pas ;

j'évitai les occasions de vous voir ; je ne parus chez vous que lorsque la bienséance m'obligea de m'y montrer. C'est dans ce temps, madame, qu'Adélaïde me laissa voir des dispositions si favorables, qu'il me fut impossible de conserver de la froideur auprès d'une fille charmante qui ne me cachait pas que j'avais su lui plaire. Sans espérance près de vous, sans passion pour elle, déterminé ou plutôt emporté par cette vanité qui nous rend sensibles aux préférences, je me plus à suivre tous les mouvements de Mlle du Bugei. Je me livrai au plaisir de voir naître dans son cœur un amour dont je n'envisageai point les suites ; j'en admirais les progrès, ils me flattaient ; et, par une étourderie dont je ne puis trop me repentir, je m'en applaudissais.

« Je voyais souvent Adélaïde chez Mme de Gersay ; quand elle manquait à s'y rendre, je la cherchais à la promenade, dans les maisons où elle allait, partout où je croyais la trouver ; elle amusait mon inquiétude et cet ennui inséparable d'un homme isolé qui ne tient fortement à rien, et dont les désirs n'ont pour objet qu'un bonheur qui le fuit. Mes assiduités furent remarquées : M. du Bugei voulut me faire expliquer sur mes desseins. C'est alors que, m'avouant que je n'en avais aucun, je reconnus toute l'imprudence de ma conduite. Sûr d'être aimé d'Adélaïde, un sentiment de reconnaissance me portait à m'unir pour jamais avec elle : mais en y réfléchissant plus mûrement, je pensai que ce serait la trahir. Je ne crus pas devoir la lier à un époux dont elle ne fixerait pas les vœux. J'aimai mieux passer pour intéressé aux yeux de M. du Bugei, en prenant le seul prétexte qui pouvait me dégager ; j'aimai mieux passer pour ingrat et léger à ceux d'Adélaïde, que de risquer de la rendre malheureuse un jour par mon indifférence. Je refusai donc, et ne rendis plus de soins à Mlle du Bugei. Je la revis au bal où vous étiez toutes deux ; son air abattu, sa tristesse, quelques mots qu'elle me dit, le reproche secret que je me faisais d'avoir entretenu sa tendresse sans la partager, l'intérêt qu'on prend toujours aux peines que l'on cause, sa jeunesse, sa beauté, son amour, me firent une impression si vive, que j'allais peut-être lui offrir toutes les preuves qu'elle pouvait exiger de mon repentir, lorsqu'en jetant les yeux sur vous je sentis que tout cédait dans mon cœur à l'attrait invincible qui m'entraînait vers Mme de Raisel.

« Comment m'ôter pour toujours le faible espoir qui me séduisait quelquefois ? Comment m'ôter ma liberté, pendant que vous jouissiez de la vôtre ? Je n'attendais pas le bien que je désirais ; mais si rien ne me le promettait, au moins un obstacle insurmontable ne me privait pas du plaisir d'y songer, de m'en occuper dans ces moments où des idées vagues, flattant l'imagination qui les enfante, semblent aplanir toutes les difficultés qui s'opposent à nos souhaits.

« J'avais reçu un billet ; par je ne sais quelle fantaisie, je le crus de Mme d'Elmont, et négligeai d'y répondre en portant l'écharpe qui l'accompagnait. On m'en écrivit un autre : vous le dirai-je, madame, ajouta le marquis d'un ton passionné ; oserai-je vous dire de quelle main... » Il s'arrêta.

La comtesse baissa les yeux, rougit ; et d'un air d'intérêt, et avec un ton qui marquait assez combien ce discours l'attachait, elle le pria de continuer.

« Je le crus de vous, madame, continua-t-il, et mon amour se réveillant avec force, plus d'Adélaïde, plus d'inquiétude sur ses sentiments. Que m'importaient alors son estime ou sa tendresse, ses plaisirs ou sa peine ? Je ne vis que Mme de Raisel ; son image adorée remplit tout mon cœur ; j'abandonnai Mlle du Bugei, je ne la revis que pour lui prouver que je ne l'aimais point, que je ne serais jamais à elle ; et par une dureté condamnable, je la réduisis à faire des efforts sur elle-même, à s'éloigner pour oublier un amant qu'elle doit détester, et qui ne peut se souvenir d'elle sans se mépriser lui-même.

— Que je plains Adélaïde ! dit alors Mme de Raisel. Qu'il lui sera difficile de se consoler d'un tel événement ! Pourra-t-elle vous oublier ? Mais achevez : votre sincérité me touche, et votre confiance me flatte.

— Que vous dirai-je de plus, madame ? continua M. de Cressy : je n'osai vous laisser voir ce que je croyais avoir pénétré ; mais je ne pus résister au plaisir de vous montrer que j'obéissais à vos ordres, en levant les yeux vers l'objet le plus digne de mon attachement. Vous savez tout, madame ; vous venez de lire dans un cœur qui vous est soumis, qui vous l'a toujours été, dont le sort dépend de vos bontés. Quel prix m'est-il permis d'attendre de mon obéissance ? Puis-je espérer qu'une passion que vous seule pouviez allumer dans ce cœur vous touche en effet ? Est-ce vous, est-ce l'aimable comtesse de Raisel qui a daigné m'avertir de chercher mon bonheur ? Éclaircissez mes doutes, j'attends à vos pieds l'arrêt que vous allez prononcer. Parlez, madame, parlez, et songez que ce moment va décider pour jamais du sort d'un homme qui vous adore. »

Qui n'eût point ajouté foi à ce récit si simple, si naturel ? Pourquoi Mme de Raisel en eût-elle soupçonné la vérité ? Elle crut le marquis ; et lui tendant une main qu'il reçut à genoux, et sur laquelle il imprima le baiser le plus ardent : « Oui, c'est moi, lui dit-elle, qui ai désiré votre amour ; vous me voyez pénétrée de l'aveu que vous m'en faites. Qu'il m'est cher, cet amour ! je le partage, j'ose le dire, et je ferai vanité de le prouver ; oui, je mets tout mon bonheur à penser que vous m'avez choisie pour faire le vôtre. »

Une déclaration si précise fut reçue avec tous les transports d'une joie véritable. La comtesse s'efforça de persuader à M. de Cressy que, si sa conduite n'était pas tout à fait irréprochable, il devait pourtant cesser de s'affliger. « La maladie d'Adélaïde peut avoir une cause plus simple, lui dit-elle ; à son âge le temps et l'absence effacent les plus vives impressions. Je ne condamne point votre sensibilité : non, ajouta-t-elle, je ne la blâme point ; au contraire, elle redouble mon estime ; et mon cœur se plaît à découvrir que le vôtre est susceptible d'une tendre compassion. »

M. de Cressy, parvenu à se faire un mérite d'avoir trahi Mlle du Bugei, assez adroit pour persuader à Mme de Raisel qu'il l'adorait dans un temps où il évitait sa présence ; sûr de paraître à ses yeux le plus sincère et le plus tendre de tous les hommes, s'applaudissait de l'art avec lequel il la trompait. Il attribuait cet heureux succès à son adresse : erreur grossière de tous ceux que la fausseté guide. On est crédule sans être faible, sans être imprudent ; l'extrême confiance naît toujours de la noblesse de l'âme et du peu d'idée qu'une personne estimable se forme de ces cœurs bas capables d'abuser de la bonté.

Peu de temps après cet entretien, Mme de Raisel annonça le jour de son mariage et l'époux qu'elle avait choisi. Le marquis reçut les félicitations de tous ceux qui connaissaient la comtesse ; son bonheur fut envié par une foule de rivaux moins heureux, et peut-être plus dignes de l'être. Ces noces se firent avec éclat ; et les fêtes brillantes qui les suivirent marquèrent assez le contentement des deux époux. Mme de Raisel avait donné à

M. de Cressy tout ce qu'il était en son pouvoir de lui rendre propre. Sa fortune assurée, son ambition satisfaite, l'amour et les charmes de la marquise, une maison devenue le temple de la gaieté, lui firent goûter tant de plaisirs dans cette union, qu'il oublia facilement la route qu'il avait prise pour acquérir les biens dont il jouissait.

Mme de Cressy, bien plus heureuse, puisqu'elle aimait et se croyait adorée, se disait à chaque instant qu'elle régnait sur un cœur tendre, sincère, généreux, tout à elle, sur un cœur dont elle croyait que rien n'égalait la noblesse et la grandeur : elle voyait un dieu dans son mari, il lui devenait tous les jours plus cher ; sans cesse occupée à lui procurer de nouveaux amusements, elle semblait ne vivre, ne respirer que pour répandre l'agrément sur les jours de celui qu'elle aimait ; les moindres désirs du marquis, ses plus légères fantaisies, devenaient une affaire pour Mme de Cressy. Elle lui sacrifiait ses propres goûts, même le plaisir de le voir ; plaisir si grand pour elle, que le temps ni l'habitude ne purent le lui rendre moins sensible.

Cependant Adélaïde, après plus d'un mois de maladie, et près de deux de convalescence, avait enfin recouvré la santé : mais une sombre tristesse s'était emparée de son esprit ; elle avait perdu pour jamais cet état paisible qui rend susceptible de goûter tous les plaisirs qui se présentent et se succèdent, dans l'âge heureux où on ne les choisit pas. Le chagrin avait laissé de si profondes traces dans son cœur, l'amour régnait encore avec tant de puissance sur son âme, elle se trouvait si peu capable d'oublier le cruel qui s'était plu à la rendre malheureuse, que la seule pensée de paraître dans les lieux qu'il habitait la faisait retomber dans des faiblesses presque aussi dangereuses que l'avait été l'ardeur de sa fièvre. Le comte de Saint-Agne, jeune, bien fait, aimable, auquel elle était destinée, augmentait encore sa peine par les soins qu'il lui rendait. Rien ne pouvait la distraire ; le souvenir de M. de Cressy animait seul un cœur accoutumé à s'occuper de lui. Que de larmes accompagnaient ce souvenir douloureux, mais cher, mais vif, et sans cesse présent à son âme ! Dans cette situation, son retour à Paris ou à la cour était pour elle le comble du malheur ; et chaque jour qui rapprochait celui où elle devait quitter Gersay ajoutait à son supplice.

Un soir qu'elle était dans l'appartement où tout le monde se rassemblait pour jouer, le chevalier de Saint-Hélène, qu'on attendait depuis huit jours à Gersay, arriva, et, pour excuser son retard, rendit compte des affaires qui l'avaient obligé de rester à Paris : c'était le mariage Mme de Raisel et de M. de Cressy. Mme de Gersay entra dans des détails, lui fit mille questions, et le chevalier s'étendit avec plaisir sur un discours qui paraissait intéresser.

Que devint Adélaïde en l'écoutant ! Un froid mortel saisit son cœur ; pâle, tremblante, sans force et presque sans sentiment, elle se renversa sur le siège où elle était assise, et, fermant les yeux, elle désira ne les rouvrir jamais ; par bonheur pour elle, M. du Bugei n'était pas présent ; et comme depuis sa maladie elle était très faible, on ne chercha point d'autre cause à son évanouissement.

Il fut long ; et lorsqu'elle reprit la connaissance, elle se trouva dans son lit, environnée de plusieurs personnes qui s'efforçaient de la rappeler à la vie. Elle fit connaître qu'elle désirait d'être seule ; et dès qu'elle se vit en liberté : « Il est marié ! s'écria-t-elle en se jetant dans les bras d'Hélène ; il est marié ! Hélène, il est marié ! lui répéta-t-elle mille fois ; je n'ai plus de doute, de crainte, d'espérance ; il est perdu, pour jamais perdu ; rien ne peut me le ramener, rien ne peut me le rendre ! Mme de Raisel est heureuse ! elle triomphe dans ses bras des pleurs d'une fille infortunée ! A-t-elle mérité ce cœur qu'elle m'enlève ? L'inhumaine ! avec quelle air de vérité elle feignait de s'intéresser à mes peines, d'en ignorer le sujet ! elle m'offrait son secours, des conseils, de l'amitié ; ah ! la cruelle ! Elle est sa femme, elle règne sur ses volontés ; elle fait ses plaisirs, elle les partage, il lui est permis de contenter tous les désirs de ce qu'elle aime ; elle peut, sans rougir, recevoir ses caresses, les lui rendre, mettre son bonheur à s'y montrer sensible ; et moi, je ne dois me rappeler qu'avec honte ces moments… moments délicieux, et pour toujours gravés dans ma mémoire ! Ah !

poursuivit-elle dans l'amertume de son cœur : Hélène ! imprudente Hélène, pourquoi ta fatale complaisance m'exposa-t-elle à le revoir ! Hélas ! sans toi, sans ta facilité, j'ignorerais une partie de mes pertes ! »

M. du Bugei interrompit ses tristes plaintes. Il venait savoir comment elle se trouvait. Hélène l'assura que le repos la remettrait entièrement. Il la crut, et sortit. La malheureuse Adélaïde passa la nuit dans un cruel désordre ; le saisissement de ses sens retenait ses larmes, et le peu qu'elle en répandait, loin de soulager son cœur, le déchirait encore.

Cet excès d'accablement dura plusieurs jours ; mais, faisant violence à ses sentiments, elle parut se calmer, et se montra plus tranquille. Son père attendait le retour de sa santé pour la ramener à Paris ; mais elle avait pris la résolution de n'y rentrer jamais.

Elle pria instamment M. du Bugei de la conduire à l'abbaye de Chelles, où elle espérait se rétablir tout à fait. Il y consentit avec peine ; et ce fut avec une extrême répugnance qu'il la conduisit lui-même à cette abbaye. Mlle du Bugei pleura beaucoup en se séparant de lui, et le chagrin qu'il sentit lui-même en la laissant à Chelles fut un présage de la perte qu'il allait faire. L'aimable et triste Adélaïde, peu de jours après son arrivée, entra au noviciat, où ses épreuves abrégées par l'avantage d'avoir été élevée dans la maison lui permirent, au bout de six mois, de prendre le voile blanc, malgré les regrets de son père, la douleur du comte de Saint-Agne qui l'aimait, et les efforts réunis de toute sa famille.

Mme de Cressy s'affligea du parti que prenait Adélaïde ; elle craignit que ses sentiments pour le marquis ne l'y eussent déterminée ; elle n'osa s'en expliquer avec lui, dans la crainte de le chagriner, et d'ajouter au reproche secret que peut-être il se faisait à lui-même. Le malheur d'Adélaïde était un poids pour la marquise ; son cœur vraiment généreux souffrait en songeant qu'elle avait innocemment causé sa perte ; elle donna des larmes au sort d'une jeune personne qui s'arrachait au monde dans un âge où, peu capable de juger des effets du temps, et guidée par un mouvement qu'il pouvait détruire, elle se livrait à l'horreur d'un repentir infructueux et éternel.

Plus d'un an s'était passé dans le ravissement d'une passion heureuse, satisfaite, et toujours vive. Peut-être la marquise eût-elle joui longtemps de cet état paisible, sans un événement où sa bonté l'intéressa.

Mme de Berneil, ancienne amie de la mère de Mme de Cressy, vivait retirée au Val-de-Grâce, avec une fille, seul fruit d'un mariage mal assorti qui avait renversé sa fortune par une suite de malheurs dont le détail est peu nécessaire. Une pension du roi la faisait subsister avec assez d'aisance. Cette pension s'éteignait par sa mort, et sa fille avait besoin d'amis pour en conserver une moitié que la faveur pouvait lui accorder, mais qu'on ne lui devait pas. Mme de Berneil, qui avait éprouvé plus d'une fois combien Mme de Cressy était portée à obliger, se sentant dangereusement malade et près de sa fin, eut recours à elle ; elle lui fit écrire son état ; et la marquise, s'étant rendue auprès d'elle, trouva cette dame presque expirante, et si occupée du sort de sa fille, que Mme de Cressy, pénétrée d'une inquiétude si naturelle, et du spectacle qu'offraient à ses yeux les larmes de la fille et la douleur touchante de la mère, promit avec serment de se charger du soin de Mlle de Berneil, de la retirer chez elle, et de ne s'en séparer qu'après lui avoir procuré un établissement convenable à sa naissance, et qui pût la rendre heureuse.

Il semblait que Mme de Berneil n'attendît que cette promesse d'une femme dont la noblesse des sentiments lui était connue pour rendre au ciel une âme devenue plus tranquille. Elle mourut le soir même ; et la marquise, qui ne l'avait point quittée, embrassant tendrement Mlle de Berneil, lui renouvela les assurances qu'elle avait données à sa mère, et la conduisit chez elle, où elle la recommanda aux soins de ses femmes pendant qu'elle allait à Versailles chercher M. de Cressy qui l'y attendait.

Elle lui rendit compte des engagements qu'elle avait pris ; elle lui montra un peu de crainte qu'ils ne pussent lui déplaire, s'excusant sur le moment qui ne lui avait pas permis de le consulter. M. de Cressy badina de cette espèce de soumission, qu'il traita d'enfance ; il l'assura qu'il approuverait toujours ce qu'elle ferait. En effet, il eut pour Mlle de Berneil tous les égards qu'il aurait cru devoir à une sœur chérie. Elle fut traitée par la marquise, non comme une fille dont le sort dépendait de ses bontés, mais comme une amie dont le séjour chez elle devait être suivi de tous les agréments qu'on s'efforce de procurer à ceux dont on attend des bienfaits.

Hortense de Berneil était âgée de vingt ans, sa figure n'avait rien de remarquable ; mais le soin qu'elle en prenait la rendait assez agréable. Un goût de parure un peu extraordinaire dans une personne élevée loin du monde cachait ses défauts et donnait de l'élégance à tout ce qu'elle portait. Le désir de plaire l'avait toujours occupée, quoique longtemps sans objet ; elle avait de l'esprit ; peu de brillant, beaucoup de réflexion. Il était difficile de la connaître ; un air froid et le silence qu'elle gardait sur ses goûts la faisaient paraître d'une extrême indifférence. L'ennui d'une retraite forcée avait mis de la dureté dans son caractère et de l'aigreur dans son esprit ; elle cachait ces défauts sous l'apparence intéressante d'une santé faible et délicate, altérée par la plus légère émotion. Capricieuse, haute, jalouse, susceptible de passion, incapable de tendresse, d'amitié, Hortense ne pouvait ni apprécier, ni reconnaître la conduite généreuse de Mme de Cressy.

Un peu de temps s'était écoulé depuis l'entrée de Mlle de Berneil à l'hôtel de Cressy, quand un soir, le marquis s'amusant à étudier des airs assez difficiles, Hortense, en l'aidant à les solfier, le fit apercevoir qu'elle avait la voix belle et chantait parfaitement bien. Il aimait la musique : ce talent qu'il découvrait en elle redoubla ses égards et ses attentions ; il la chercha davantage. Mme de Cressy, bien éloignée de prendre de l'ombrage de ce goût marqué, le vit naître avec plaisir.

M. de Cressy étant un matin à la toilette de la marquise, où il assistait seul avec Hortense, on lui apporta une lettre qu'il ouvrit sans réflexion, mais qu'il ne put lire sans donner des marques d'une grande sensibilité. Cette lettre était de Mlle du Bugei ; elle l'avait écrite la veille, et ce jour même elle prenait le voile noir, dernière cérémonie de sa consécration à la vie religieuse.

Les yeux de M. de Cressy se remplirent de larmes : la lettre tomba de ses mains ; et, tandis qu'il les portait sur son visage pour cacher son attendrissement, la marquise, effrayée de l'effet qu'avait produit cette lettre, fit signe à une de ses femmes de la ramasser et de la lui apporter. Elle la prit sans la lire ; et courant embrasser son mari, elle lui demanda avec empressement quelle nouvelle si fâcheuse pouvait l'accabler ainsi. Mais le marquis, sans changer de situation, lui dit de lire la lettre ; elle y trouva ce qui suit :

C'est du fond d'un asile où je ne redoute plus la perfidie de votre sexe, que je vous dis un éternel adieu. Naissance, biens, honneurs, dignités, tout s'évanouit à mes regards. Ma jeunesse flétrie par mes larmes, le goût des plaisirs anéanti dans mon cœur, l'amour éteint, le souvenir présent, et le regret toujours trop sensible, m'ensevelissent à jamais dans cette retraite. Ô vous, qui m'avez conduite à me cacher dans cette espèce de tombeau, ne craignez pas mes reproches : je ne vous écris que pour vous dire que je vous pardonne ! J'offre au ciel une victime immolée par vos mains, et je le prie avec ardeur de répandre sur vous tout le mérite du sacrifice volontaire que je lui fais. L'auguste époux qu'Adélaïde choisit effacera de son cœur des sentiments qu'elle ne peut conserver sans l'offenser ; il y mettra les vertus qu'il chérit, et l'oubli qu'il exige ; elle ose espérer qu'il lui pardonnera les motifs qui la déterminent aujourd'hui. Alors, prosternée au pied des autels, elle lui demandera pour vous tous les biens dont vous l'avez privée ; et, si elle peut s'intéresser encore au monde qu'elle abandonne, ce sera seulement pour s'assurer que le marquis de Cressy est heureux.

Dites à Mme de Cressy que je lui pardonne l'opinion qu'elle a eue de mon caractère. Dites-lui que j'ai oublié son injustice, et que je me souviens seulement de la tendre amitié que j'eus pour elle.

81

La marquise, en finissant cette lettre, se jeta dans les bras de son mari, et, le serrant avec une tendresse inexprimable : « Pleurez, monsieur, pleurez, lui dit-elle en le baignant de ses larmes : ah ! vous ne sauriez montrer trop de sensibilité pour un cœur si noble, si constant dans son amour ! Aimable et chère Adélaïde ! s'écria-t-elle, c'en est donc fait, et nous vous perdons pour toujours ! Ah ! pourquoi faut-il que je me reproche de vous avoir privée du seul bien qui excitait vos désirs ! ne puis-je jouir de ce bien si doux, sans me dire que mon bonheur a détruit le vôtre ? »

Le marquis, touché de ce sentiment généreux qui lui faisait regretter Adélaïde, la pressant avec transport, essuyait ses larmes ; et par les plus tendres caresses et les expressions les plus passionnées la conjurait de lui pardonner l'imprudence qu'il avait eue de lui montrer cette lettre.

Mlle de Berneil, témoin de cette scène touchante, considérait la marquise avec étonnement. Tout ce qu'elle pouvait comprendre, c'est que Mme de Cressy s'affligeait de la retraite d'une fille que son mari avait aimée, et que ses pleurs faisaient penser qu'il aimait encore. Une pareille sensibilité était au-dessus de l'âme d'Hortense ; elle la regarda comme une faiblesse. Un mauvais cœur prend souvent pour un défaut de fermeté la bonté du naturel dont les mouvements lui sont étrangers, et traite de petitesse ce noble désintéressement qui fait qu'on s'oublie soi-même pour partager la peine d'un autre.

Le marquis pensa tristement pendant quelques jours à cet adieu d'Adélaïde ; mais les plaisirs variés auxquels il se livrait dissipèrent bientôt ce léger chagrin. Mme de Cressy le sentit plus longtemps. L'image de Mlle du Bugei prosternée au pied des autels, priant pour le marquis, attirant sur lui les bénédictions du ciel par ses vœux innocents, l'attendrissait, et la rendait toujours présente à son idée. Les dernières lignes de sa lettre l'étonnaient : elle ne pouvait les entendre. Elle en demanda plusieurs fois l'explication à M. de Cressy ; mais l'embarras et l'humeur que lui donnaient ces questions la déterminèrent à n'en plus parler.

Cependant cette marque de réserve dans un homme pour lequel elle n'en avait aucune toucha vivement la marquise, lui donna de l'inquiétude, et lui fit craindre qu'en parlant d'Adélaïde M. de Cressy n'eût pas été sincère. Quelle était cette opinion désavantageuse dont se plaignait Mlle du Bugei ? elle lui pardonnait ! Mais quoi ? un mystère semblait caché sous ces expressions ; la marquise désirait ardemment de l'approfondir ; mais son extrême complaisance pour M. de Cressy la força au silence ; elle respecta le secret qu'il voulait garder, et ne l'importuna point, pour l'engager à le lui découvrir. Cette première preuve qu'elle n'avait pas toute la confiance de son mari la chagrina. Il pouvait donc dissimuler avec elle. La seule idée d'avoir été trompée, même dans la plus légère bagatelle, par un homme que l'on croyait incapable de détour, porte un trait douloureux au fond du cœur, trait qui blesse à tout moment, ouvre l'entrée au soupçon, rend tout incertain, et laisse entrevoir que le bonheur dont on jouit peut n'être qu'une illusion prête à s'évanouir.

Mlle de Berneil, à qui la marquise ouvrait son cœur, était bien éloignée de comprendre cette délicatesse de sentiment qui troublait la douceur de sa vie ; elle badina M. de Cressy sur la mélancolie que lui avait causée la lettre d'Adélaïde ; et, donnant un tour plaisant et malin à ce pouvoir qu'il avait sur les âmes sensibles, elle se félicita de n'être pas du nombre de celles qui ne savaient pas résister à l'amour, et dit au marquis qu'elle s'étonnait fort qu'on abandonnât le monde seulement pour n'avoir pu lui plaire ou le fixer. « Pour moi, continua-t-elle, comme j'en chéris les plaisirs, quoique je me croie sûre de mon cœur, je ne veux plus vous regarder, de crainte qu'il ne me prenne envie de retourner au couvent. »

Cette raillerie piqua le marquis, dont la vanité était extrême. « Pensez-vous, lui dit-il en riant, qu'il vous fût si facile de résister à mes soins, si je vous en rendais d'assidus ? — En vérité, je le pense, reprit Mlle de Berneil ; et quoique vous soyez très aimable, je crois et j'éprouve qu'il est possible de vous voir et de conserver beaucoup d'indifférence. — Oui, dit le marquis, cela est possible ; mais vous ignorez ce que le désir de plaire répand d'agrément dans un homme qui s'en occupe. Il faut avoir été aimée de quelqu'un pour s'assurer qu'on peut lui résister ; et si je vous aimais, si je cherchais à vous le persuader, peut-être reviendriez-vous de l'opinion que vous avez de la fermeté de votre cœur. — Oh ! non, non, assurément, reprit Hortense ; et vous êtes précisément la seule personne qui ne pourrait jamais réussir auprès de moi ; comme vous ne sauriez me montrer de désirs sans m'offenser, ni m'aimer sans manquer à ce que vous devez à la plus aimable des femmes, si vous me rendiez des soins je n'aurais que du mépris pour vous. — Vous le croyez, dit le marquis ; mais soyez sûre que les réflexions que l'on fait de sang-froid ne se présentent pas à une âme attendrie. Celles qui semblent devoir faire mépriser un homme indifférent se changent en pitié pour un amant aimé ; et nous savons toujours trouver en nous-mêmes des raisons pour nous livrer à des sentiments qui nous flattent. » Hortense, à ce discours, ne fit que redoubler ses plaisanteries, et s'obstina à soutenir qu'elle ne redoutait point ses attaques ; il lui montrerait en vain la passion la plus violente, disait-elle, jamais, jamais elle n'y serait sensible, il lui était impossible d'imaginer qu'elle pût l'aimer. Cette conversation fut reprise plusieurs fois, et toujours avec la même assurance de la part de Mlle de Berneil.

Le marquis, accoutumé à voir prévenir ses désirs, ne put supporter cette espèce de mépris d'une fille à laquelle il semblait que rien ne devait inspirer cette fierté ; il s'en offensa, et voulut l'en punir en lui inspirant une passion dont elle se croyait si peu susceptible. La vanité l'engagea à se faire une étude de lui plaire ; elle s'aperçut de son dessein, elle en rit, et ménagea si peu son amour-propre, que du simple projet de la soumettre il forma celui de la toucher. Le peu de progrès qu'il fit au commencement ne ralentit point ses poursuites : il devint ardent, empressé ; et, perdant de vue ce premier objet, il oublia ce qui l'avait porté à parler le langage de l'amour à Mlle de Berneil. Il s'accoutuma à l'entretenir d'un sentiment qu'il cessa de feindre. Ce sentiment devint bientôt sa seule affaire et l'unique mouvement qui se fit sentir à son cœur.

Mme de Cressy, loin de soupçonner le marquis d'un tel attachement, lui savait gré de tout ce qu'il faisait pour Hortense, et croyait lui devoir de la reconnaissance des attentions qu'il avait pour une fille qu'elle chérissait, et dont elle se croyait tendrement aimée. Elle parlait de lui sans cesse avec elle, lui vantait son mérite, les agréments de sa personne, son esprit, l'égalité de son humeur, la douceur de sa société, l'élévation de ses sentiments ; elle le comparait à tous ceux qu'elle voyait, à tous ceux qu'on admirait, pour le trouver plus parfait encore.

Mlle de Berneil applaudissait aux louanges que la marquise donnait à M. de Cressy ; insensiblement elles firent impression sur elle ; l'ardeur avec laquelle il était aimé l'embellissait à ses yeux. L'amour de Mme de Cressy passa dans le cœur de sa rivale ; et tout ce qui rendait la marquise si propre à plaire, à fixer ce mari qu'elle adorait, formait une sorte de triomphe pour Hortense qui se voyait maîtresse de le lui enlever, excitait sa vanité, et lui faisait regarder comme un avantage brillant le pouvoir de l'emporter sur une femme à laquelle elle se sentait si inférieure à tous égards.

Ce fut donc à l'orgueil et à la coquetterie que M. de Cressy dut les premières complaisances de Mlle de Berneil ; elle lui laissa voir un penchant qu'elle n'osait avouer ; elle céda peu à peu ; elle ne se défendit plus que sur ses devoirs, sur l'amitié qu'elle avait pour la marquise, sur le lien qui l'unissait à elle. Ces obstacles eussent été insurmontables, si Mlle de Berneil eût mieux pensé ; mais dès qu'on a fait un pas vers l'ingratitude, rien ne retient plus. Le marquis trouva le moyen de lever les faibles scrupules d'Hortense ; elle se donna à lui ; elle oublia la tendresse et les bontés d'une amie, pour jouir du goût passager d'un amant. Quelle différence ! Quelle perte ! Quoi qu'on en puisse penser dans l'égarement de son cœur, un amant ne vaut pas une amie.

Mlle de Berneil, en payant de retour la passion du marquis, cédait peut-être moins à son amour qu'au désir curieux d'éprouver si cette passion procurait tout le bonheur dont on l'avait assurée qu'elle était la source ; elle en cherchait les plaisirs, et n'en donnait pas les douceurs ; plus elle pensait avoir sacrifié en comblant les vœux de son amant, plus elle exigeait de sa reconnaissance. L'espèce de sentiment qui la conduisait n'était pas cet attachement sincère d'Adélaïde, ni cet amour tendre et délicat de la marquise : c'était un mouvement voluptueux, c'était le plaisir de dominer et de soumettre un cœur à tous ses caprices. Elle abusa du pouvoir que le marquis lui avait donné sur lui ; elle prit un empire absolu sur ses volontés, le maîtrisa, devint son tyran, et l'accabla de ces chaînes pesantes qu'on porte avec douleur, dont on sent tout le poids, qu'on voudrait rompre, et qu'on n'a pas la force de briser.

Assujetti à cette maîtresse altière, le marquis se rappelait souvent avec regret l'état heureux où il vivait avant d'avoir écouté le penchant fatal qui l'entraînait vers elle ; adoré d'une femme qui n'avait point d'égale, dont les qualités brillantes semblaient n'être en elle que pour l'avantage de ceux dont elle était environnée ; qui, toujours attentive à lui plaire, n'avait de plaisirs que ceux qu'il ressentait, de joie que celle qu'elle voyait éclater dans ses yeux : elle n'était point changée, cette femme charmante qui lui avait fait passer des jours si tranquilles, si heureux ; mais sa beauté, ses vertus, ses soins, ses complaisances, auparavant la source de la félicité de M. de Cressy, ne servaient plus qu'à le confondre, à l'affliger, à répandre l'amertume sur tous les instants de sa vie.

Souvent maltraité par Mlle de Berneil, fatigué du joug, honteux de le subir, il se livrait à des retours vifs et pressants qui le ramenaient dans les bras de la marquise ; quelquefois, la serrant tendrement dans les siens, il retenait à peine des larmes que le remords arrachait à son cœur. Tant d'amour qu'il trahissait, tant de confiance dont il abusait, la comparaison qu'il faisait de deux personnes si différentes, de deux caractères si opposés, excitaient en lui des mouvements si sensibles, qu'il y avait des moments où il était prêt à tomber aux pieds de la marquise, à lui avouer sa faiblesse, à la prier d'en éloigner l'objet ; mais le peu d'habitude d'être sincère retenait son cœur prêt à s'ouvrir, à s'épancher dans le sein d'une amie, qui pouvait encore lui rendre le calme et la paix dont il ne jouissait plus.

Mlle de Berneil le surprit plusieurs fois dans cet attendrissement : des railleries piquantes, de longues querelles, une aigreur insupportable, suivaient les moindres sujets qu'elle croyait avoir de se plaindre. Elle s'apaisait difficilement, et mettait au plus haut prix l'oubli d'une faute ; mais, parvenue à le subjuguer, à se rendre souveraine d'un cœur qu'elle s'attachait par tout ce qui aurait dû le lui ôter, elle ne put jamais détruire le remords qu'il sentait de tromper la marquise, ni l'attachement qu'il conservait pour elle. Il lui fut impossible d'étouffer dans l'âme du marquis cette voix dont le cri puissant s'élève, se fait entendre même dans l'ivresse du plaisir, et nous avertit sans cesse que nous n'avons pas le pouvoir cruel de goûter en paix un bonheur que nous osons fonder sur l'infortune d'autrui.

Mme de Cressy ne s'apercevait que trop du changement du marquis ; toujours triste, rêveur, elle voyait qu'il souffrait, qu'une peine secrète agitait son âme ; elle l'avait en vain prié de la lui confier, elle n'osait plus l'interroger, et lui cachait la douleur qu'elle sentait de ses chagrins et du mystère qu'il lui en faisait. Elle ne pouvait le soupçonner d'une intrigue au-dehors ; son assiduité chez lui et dans tous les lieux où elle allait éloignait les idées de cette espèce ; il ne marquait aucune préférence pour les femmes qu'il voyait ; toutes ses démarches étaient connues, il le semblait au moins : cependant la marquise se disait à tous moments qu'il ne l'aimait plus. Elle en eut une preuve bien sensible dans une occasion où elle devait moins l'attendre. Elle tomba malade ; et sa maladie, quoique peu dangereuse, fut assez longue. Mlle de Berneil se contraignit assez dans les premiers jours pour s'assujettir près d'elle ; mais, oubliant bientôt ce qu'elle devait à ses bontés, même à la décence, qui l'obligeait à ne pas s'éloigner de l'appartement de la marquise, elle n'y parut dans la suite que rarement et dans les moments où elle ne pouvait se dispenser de s'y faire voir. Le marquis l'imita ; et, profitant de la liberté qu'il avait d'être souvent seul avec elle, sous prétexte de répéter des pièces de clavecin, il passait des heures entières dans le cabinet d'Hortense, et n'était chez Mme de Cressy que lorsqu'elle recevait du monde.

Cette conduite d'un homme qui lui était si cher rendit sa convalescence plus fâcheuse que son mal ne l'avait été ; elle la sentit jusqu'au fond du cœur, et ne douta plus qu'elle n'eût entièrement perdu celui de son mari. Elle renferma en elle-même cette triste connaissance, ne se permit aucune plainte, et ne diminua rien de la douceur et de l'affection qu'elle lui avait toujours montrées.

La négligence de Mlle de Berneil lui parut une suite naturelle de la froideur de son caractère ; ainsi elle y fit peu d'attention. Elle était parfaitement rétablie et sortait depuis quelques jours, lorsque étant seule un matin et prête à partir pour la campagne, M. de Cressy, qui n'allait point avec elle, entra dans sa chambre pour lui donner une petite boîte d'une forme nouvelle qu'il venait d'acheter ; elle fut touchée de cette attention, et plus encore de quelque chose de flatteur qu'il lui dit en lui présentant ce bijou. Elle voulait répondre ; mais, en fixant le marquis, elle lui vit un air si triste, si abattu, qu'elle en fut pénétrée, et ne put lui marquer sa reconnaissance que par des regards expressifs qui semblaient chercher son secret jusqu'au fond de son cœur. M. de Cressy prit la main de la marquise, il la baisa plusieurs fois d'un air timide et respectueux ; il était devant elle comme on est auprès de quelqu'un dont on désire une faveur, à qui on n'ose la demander parce qu'on se sent peu digne de l'obtenir. Jamais Mme de Cressy ne lui avait paru plus belle, jamais elle ne lui avait inspiré d'émotion plus douce ; mais ses offenses, les reproches qu'il se faisait, semblaient élever une barrière entre elle et lui. Il oubliait ses droits, ou n'osait les réclamer ; il voulait parler, il craignait de s'expliquer ; il la regardait, soupirait, et se taisait, lorsque la marquise, emportée par ce tendre sentiment que la froideur de M. de Cressy n'avait pu altérer, passant ses bras autour de lui, se laissa tomber à ses pieds ; et, le pressant avec une action toute passionnée : « Dites-moi, monsieur, dites-moi, s'écria-t-elle tout en larmes, ce que j'ai fait pour perdre le bonheur de vous plaire. Pourquoi m'évitez-vous ? suis-je devenue un objet odieux à vos regards ? Non, je ne puis vivre et penser que je ne vous suis plus chère. Eh ! qu'ai-je fait, qu'ai-je donc fait pour vous éloigner de moi ? Si vous m'ôtez votre amour, si vous m'enlevez ce bien précieux, devez-vous me priver de tout ? Ah ! monsieur, me croyez-vous indigne de votre amitié ? »

M. de Cressy eût voulu dans cet instant que la terre se fût ouverte et l'eût caché dans son sein. « Ah ! levez-vous, madame, lui dit-il en rougissant, levez-vous ! cette soumission ne convient qu'à moi : vous, aux pieds d'un cruel qui a pu vous négliger, qui fait couler vos pleurs, qui doit seul en verser ! Ah ! vous m'êtes chère, vous me le serez toujours ! Je vous respecte, je vous aime, je vous adore ; mais suis-je encore digne de vous le dire ? C'est à vos genoux, ajouta-t-il en se jetant à son tour, que j'implore votre pitié, que je vous demande un généreux pardon ; je l'espère de vos bontés ; je l'attends de la grandeur de votre âme. Apprenez, madame, dans quel égarement... » Il allait poursuivre, quand Mlle de Berneil, qui allait avec la marquise, avertie qu'elle était prête, et craignant de la faire attendre, ouvrit brusquement la porte, et le surprit à genoux, arrosant de pleurs les mains de sa femme, qui s'efforçait de le relever.

M. de Cressy, consterné à sa vue, resta muet, interdit ; la parole expira sur ses lèvres ; en vain la marquise le pressait de s'expliquer, l'assurait qu'elle lui avait déjà pardonné : glacé par la présence de Mlle de Berneil, il ne pouvait ni parler ni lever les yeux. Enfin, paraissant se remettre, il présenta la main à Mme de Cressy, la conduisit à son carrosse ; et dès qu'elle y fut entrée, il se retira dans la crainte de rencontrer les regards d'Hortense, qui, maîtresse de ses mouvements, ne semblait prendre aucun intérêt à ce qu'elle avait vu. Son inquiétude était grande cependant, et elle attendait avec impatience que Mme de Cressy parlât.

« Hélas ! dit la marquise, dans quel moment vous êtes venue ! J'allais lire dans son cœur ; il allait me confier ce secret qu'il me cache depuis si longtemps. Il m'aime, il le dit, son trouble me l'assure. Je n'ai point perdu l'espérance d'être heureuse, sa tendresse n'est point éteinte, elle n'est que suspendue par ce chagrin que je ne conçois point. Mais ne vous a-t-il jamais rien dit qui ait pu vous le faire deviner ? il paraît avoir de la confiance et de l'amitié pour vous, ne sauriez-vous m'instruire de ce qu'il me cache ? » Hortense l'assura qu'elle ignorait que le marquis eût aucun sujet de peines. « Il en a, mademoiselle, il en a, reprit la marquise. Mais quels sont ces reproches qu'il se fait ? Il m'a offensée, dit-il : ah ! qu'il parle, et tout est oublié. Mon Dieu ! est-il possible que cet instant ait été perdu ? »

Mlle de Berneil feignit beaucoup de regret d'avoir interrompu une conversation si intéressante : elle était embarrassée ; mais Mme de Cressy était trop occupée de ses idées pour s'apercevoir de la contrainte d'Hortense. La maison où elles allaient passer quelques jours était tout près de Chelles, et des fenêtres de l'appartement qu'occupait Mme de Cressy on voyait les jardins de l'abbaye. Elle n'avait point perdu le souvenir d'Adélaïde : en se trouvant si près d'elle, elle sentit sa curiosité se ranimer, et pensa que Mlle du Bugei lui donnerait une explication si longtemps désirée. Elle voulut donc la voir ; mais, dans la crainte de la révolter par sa présence si elle allait à Chelles sans la prévenir, elle lui écrivit avec beaucoup d'amitié, et la pria instamment de lui donner une heure où elle pût l'entretenir.

Adélaïde se trouva surprise et embarrassée de ce message et de cette prière. Son premier mouvement fut de ne point recevoir la marquise. Il lui paraissait bien dur de l'admettre dans un asile qu'elle avait cherché contre sa présence, de revoir une des deux personnes qui l'avaient forcée à s'ensevelir dans cette retraite. Par quelle cruauté la femme de M. de Cressy voulait-elle la rendre témoin de son bonheur, s'applaudir à ses yeux de lui avoir ravi un bien qu'elle ne lui enviait plus, mais dont il était inhumain de venir étaler les charmes devant elle ?

Dans le monde, elle eût évité cette visite ; malgré sa répugnance, elle crut ne pouvoir la refuser, au couvent ; elle la regarda comme une humiliation que ses vœux ne lui permettaient pas de s'épargner ; et, bannissant une fierté peu convenable dans ses idées à la pénitente Adélaïde, elle répondit à la marquise qu'elle la verrait avec plaisir.

Mme de Cressy désirait trop cette entrevue pour la différer ; elle se rendit à l'abbaye, et fut conduite dans un parloir, où peu de temps après qu'on l'y eut laissée elle vit entrer Adélaïde. Son voile était levé, un peu d'émotion animait son teint : la marquise la trouva plus belle encore sous cet habit. Le souvenir de ce qui l'avait obligée de le prendre l'attendrit ; elle ne put retenir ses larmes en la saluant. L'aimable religieuse, avec un souris où se peignaient la douceur et la tranquillité, s'efforça de lui prouver que son état ne devait pas lui inspirer cette tristesse.

Au commencement leur conversation fut assez languissante ; mais Mme de Cressy lui disant qu'elle avait senti une douleur véritable de sa retraite, et ne pouvait concevoir comment ses idées à cet égard la conduisaient à l'accuser : « Tout est fini, madame, tout est passé, tout est oublié, dit la jeune recluse ; le temps où j'étais dans le monde est déjà loin de mon souvenir. — Mais, reprit la marquise, comment avez-vous pensé que j'eusse une opinion de votre caractère qui pût être fausse ou injuste ? ce reproche m'a été sensible. Je vous aimais tendrement, vous le connaissiez, et j'ose vous assurer qu'aucun événement n'a pu changer mon cœur. — Je le crois, madame, je le crois, interrompit Adélaïde ; je ne me plains pas, je ne puis me plaindre : je dois respecter les décrets du ciel, et bénir les voies qu'il a prises pour m'avertir de chercher en lui seul un bonheur que sans doute il ne m'avait pas destinée à trouver dans le monde. — Hélas ! dit Mme de Cressy, les agréments que ce monde procure sont donnés avec un bien cruel mélange ! Mais, madame, puisque vous avez prié qu'on m'assurât de votre pardon, vous avez cru avoir à vous plaindre de moi ? » Adélaïde rougit à ces mots, elle baissa les yeux, et resta dans un profond silence. « Pourquoi ne voulez-vous pas m'apprendre, continua la marquise, quels sont mes torts avec vous ? — Quoi ! madame, dit enfin Adélaïde, vous avez vu cette lettre que je me reproche ? le motif qui m'engagea à l'écrire est encore douteux dans mes idées, et je fis mal, sans doute, puisque j'ai pu vous causer de l'inquiétude. — Ah ! s'écria la marquise, que n'ai-je connu votre cœur dans un temps où je pouvais réprimer le penchant du mien ! pourquoi me préférâtes-vous Mme de Gersay ? Votre confiance eût arrêté les progrès de mon inclination ; vous seriez heureuse, et j'aurais vu votre félicité sans l'envier. — Mme de Gersay n'a jamais su mon secret, reprit Adélaïde ; je ne connaissais point vos sentiments ; et quand le hasard me les découvrit, les miens ne pouvaient plus faire mon bonheur : mais n'en parlons plus, n'en parlons jamais. — Eh pourquoi ? dit Mme de Cressy. Permettez-moi d'insister, et de vous demander encore ce qui a pu vous blesser dans ma conduite ou dans mes discours... — Puisque vous me forcez de parler, reprit Adélaïde, j'ai cru pouvoir me plaindre de Mme de Raisel lorsque j'ai appris d'elle-même qu'elle m'accusait de donner des marques d'une folle passion, et qu'elle me trouvait indigne des vœux d'un homme qu'elle avertissait de chercher ailleurs un objet plus estimable. — Moi ! s'écria la marquise, j'ai pu dire... ! je ne puis vous comprendre... À qui l'ai-je dit ? qui vous fit cet horrible mensonge ? — Votre lettre s'expliquait sans détour. — Quelle lettre ? — Celle que vous écriviez à M. de Cressy, dans laquelle... mais encore une fois n'en parlons plus, ce temps est oublié ; il doit l'être au moins ; et, si je me suis rappelé avec douleur le mépris que vous avez marqué pour une personne qui ne devait pas s'attendre à vous en inspirer, croyez, madame, que ce souvenir n'a été mêlé d'aucune aigreur contre vous. — Que vous m'embarrassez ! dit la marquise ; je me souviens d'avoir parlé de Mme d'Elmont dans les termes que vous me rappelez ; mais je ne conçois ni votre méprise, ni comment vous avez pu la faire, puisque la lettre où je parlais d'elle n'a pas dû tomber dans vos mains, et que je n'ai su votre inclination pour M. de Cressy que longtemps après votre départ pour Gersay. » Adélaïde, pressée vivement, ne put refuser de s'expliquer ; elle fit à la marquise un détail qui ne fut que trop exact, et finit par lui faire entendre que c'était, sans doute, elle-même qui dans son dépit avait appris à M. de Cressy que Mme de Raisel l'aimait, en lui nommant l'auteur de la lettre qu'elle lui renvoyait.

L'histoire d'Adélaïde, si conforme pour les faits, et si différente dans ses circonstances de celle que le marquis lui avait faite, découvrit à Mme de Cressy toute la fausseté du caractère de son mari, et lui causa la douleur la plus sensible. Elle ouvrit son cœur à Adélaïde, qui mêla ses larmes à celles qu'elle lui vit répandre. Le sort de la marquise lui parut plus fâcheux que le sien. Elles se séparèrent avec tous les sentiments d'une sincère amitié ; et la charmante recluse se consola de n'avoir point joui d'un bonheur qu'un instant pouvait changer en amertume ; elle plaignit celle dont elle enviait peut-être auparavant la félicité ; et pour toujours à l'abri des cruelles peines qui déchiraient le cœur de la marquise, elle s'applaudit du choix qu'elle avait fait.

Mme de Cressy revint à Paris, pénétrée d'une tristesse accablante ; toutes ses réflexions en augmentaient l'amertume. Elle se repentit mille fois de s'être procuré ce fatal éclaircissement. Cette passion si tendre de M. de Cressy, cet amour timide et secret qui lui avait fait sacrifier celui d'Adélaïde à l'espoir de posséder un jour Mme de Raisel ; ce plaisir qu'elle goûtait en se rappelant le temps où son mari l'adorait, en songeant que ce temps pouvait renaître, ses désirs, ses espérances, tout s'abîmait dans l'affreuse certitude d'avoir été trompée. Le marquis n'offrait plus à ses regards qu'un ambitieux guidé par l'intérêt, par la vanité ; elle devait ses soins, ses préférences, à l'éclat de sa fortune ; ces caresses touchantes, ces transports flatteurs que tant de fois elle s'était applaudie d'exciter, les plaisirs même qu'il semblait goûter dans ses bras, tout avait été feint ; il ne lui restait pas seulement la douceur d'imaginer qu'elle lui en eût donné de véritables, qu'elle eût été un seul instant l'arbitre de son bonheur.

Sa négligence, cette froideur qu'il lui montrait, lui parut alors l'état naturel de son âme. Elle pensa que, las de se contraindre, il s'abandonnait à son indifférence, suivait des goûts plus vifs ou des fantaisies plus nouvelles. Ce qui avait fait le charme de sa vie se peignit à ses yeux comme une illusion fantastique, comme un songe dont le réveil dissipait l'agréable erreur.

Mais pourquoi le marquis pleurait-il à ses pieds ? le remords faisait-il couler ses larmes ? Ah ! que lui importait d'en connaître la source ! Le sentiment ne les lui arrachait point, ce n'était point l'amour, ce n'était pas le retour d'un cœur tendre, sincère, généreux, dont le repentir dût la toucher, dont elle pût pardonner l'égarement. M. de Cressy ne possédait point les qualités, les vertus, qu'elle avait aimées en lui ; l'objet de son admiration ne méritait plus que son indifférence ou ses mépris : l'instant où elle le connut, où elle osa se l'avouer, fut le dernier de son repos.

Mme de Cressy ne put cacher à Mlle de Berneil que sa douleur naissait de son entretien avec Adélaïde ; mais dans la crainte d'avilir le caractère du marquis, elle ne dit rien à Hortense du sujet de sa peine ; elle s'était déterminée à ne jamais se plaindre de son mari, et voulait ensevelir ses vices dans le profond secret de son cœur.

Hortense ne pouvait douter qu'elle n'eût été sacrifiée si le hasard ne l'avait fait entrer au moment où le marquis allait parler. Elle rapporta de la campagne un esprit irrité ; des soupçons fondés l'aigrissaient encore ; M. de Cressy semblait reprendre du goût pour la marquise ; il pouvait se soustraire à son empire, l'abandonner, et dans la confiance qu'inspire un tendre raccommodement, l'accuser seule de leur commune faiblesse.

M. de Cressy n'était pas plus tranquille ; rebuté des hauteurs de Mlle de Berneil, dégoûté d'un commerce que l'amour du plaisir lui avait fait lier, dont l'humeur de sa maîtresse le bannissait, il s'occupait pendant l'absence de la marquise à trouver les moyens d'éloigner Hortense, sans trahir un secret qu'il ne convenait pas de révéler. Il ne voulait point exposer Mlle de Berneil à l'indignation d'une femme qui aurait tant de sujets de la haïr : il se préparait à conduire ses projets avec beaucoup de prudence et de ménagement, quand le retour de l'une et de l'autre changea toutes les dispositions de son âme.

Hortense se conduisit avec la fierté d'une fille qui se croyait offensée. L'air de tristesse répandu sur le visage de la marquise, et la visite qu'elle avait faite à Chelles, lui fit craindre qu'elle ne fût trop instruite pour leur commun bonheur. Cette crainte ferma son cœur à ce tendre retour qui le ramenait vers elle. Il évitait Hortense, et redoutait une explication avec la marquise ; il ne pouvait lever les yeux sur deux femmes dont il était aimé, sans trouver sur leur visage l'apparence du reproche ; il chercha dans le monde des amusements qui pussent remplacer ceux qu'il avait trouvés chez lui. Insensiblement il prit du dégoût pour sa maison, et perdit l'habitude de s'y montrer.

Quoique Mme de Cressy ne le vît plus qu'avec une émotion bien différente de celle qu'il lui causait autrefois, elle ne se sentit point capable de supporter l'espèce de douleur que cet éloignement lui donna. Elle ne put s'y accoutumer ; et cette maison, autrefois si aimable pour elle, lui parut la plus triste des solitudes, lorsqu'elle n'y rencontra plus l'objet de toutes les peines de son cœur.

Mme d'Elmont, occupée de mille fantaisies, se souvenait à peine du goût que lui avait inspiré le marquis. Mais en apercevant sur son visage un air d'ennui, elle jugea que sa passion pour sa femme commençait à s'éteindre ; cette idée réveilla en elle le désir de se l'attacher au moins par un lien léger : elle voulut essayer s'il lui résisterait encore ; l'espèce de penchant qui la guidait était sans jalousie comme sans délicatesse, et tous les temps paraissaient propres à ranimer sa vivacité et à le satisfaire.

Cet intérêt qu'elle reprenait à M. de Cressy lui fit chercher à pénétrer l'état de sa maison ; comme avec des soins, de l'argent, et des valets, on découvre aisément ce que l'on veut apprendre, quand on se permet de pénétrer par des moyens si bas dans les secrets des autres, Mme d'Elmont sut bientôt l'intrigue d'Hortense avec lui, le lieu de leurs rendez-vous, et la froideur qui était actuellement entre eux.

Mme d'Elmont se crut sûre du marquis, elle changea le plan de ses attaques ; elle lui marqua seulement des égards et de l'amitié, et le plaignit en lui montrant qu'elle savait tout ce qui se passait dans son âme. Par cette conduite elle excita sa curiosité ; il ne pouvait comprendre comment elle connaissait un secret dont il se croyait maître ; le désir de découvrir par quel moyen elle l'avait pénétré l'engagea à la voir, et l'attacha près d'elle. L'adroite Mme d'Elmont sut profiter des circonstances pour lui rappeler ses premiers sentiments.

« Il est des personnes, lui dit-elle, dont on se souvient toujours ; les événements qui les touchent ne sont jamais indifférents ; on aime à s'occuper d'elles, à suivre les mouvements de leur cœur, sans même espérer le bonheur d'en être un jour l'arbitre. Les hommes nous accusent d'une extrême crédulité sur ce qui flatte notre amour-propre ; mais quelle vanité peut se comparer à leur faiblesse ? la moindre louange les séduit ; à peine soufferts, ils se croient aimés. »

M. de Cressy ne douta point de la tendresse de Mme d'Elmont ; il prit sa coquetterie, les démarches hardies qu'elle lui avait fait faire, pour la violence d'un sentiment trop fort, d'une passion que rien ne pouvait engager à se contraindre, dont la vivacité l'emportait sur toutes les bienséances. Il crut devoir de la reconnaissance à tant de tendresse ; et, cherchant à se distraire de ses chagrins, il se livra tout entier à ce nouvel amusement. Cette intrigue éclata bientôt aux yeux du public, et fut conduite avec toute l'indécence dont Mme d'Elmont se plaisait à décorer ses caprices.

Mlle de Berneil, en apprenant que Mme d'Elmont la remplaçait dans le cœur de M. de Cressy, ne put retenir les marques du plus violent dépit. Elle chercha à le voir pour l'accabler de reproches ; mais, loin de le ramener par ses emportements, elle acheva de l'éloigner, et s'en vit enfin abandonnée. Celui qui paraissait auparavant faire tout son bonheur de lui plaire la livra sans scrupule aux pleurs, aux regrets, à la honte, plus difficile à supporter que le malheur.

Mlle de Berneil avait manqué à la reconnaissance, à ses devoirs, à l'amitié, à elle-même ; mais était-ce à M. de Cressy à l'en punir ? Ne devait-il rien à une femme qu'il aimait ou feignait d'aimer, malgré le ton léger dont une partie des hommes traite ce sujet, malgré l'usage méprisable d'abuser sans remords de la tendresse, de la confiance d'une femme ? Que l'homme ami de l'honneur s'interroge lui-même, qu'il consulte la nature, la vérité, et qu'il se dise si la fausseté, si la trahison, peuvent cesser de mériter ce nom ; si tromper une femme, ce n'est pas être trompeur ?

Et quel droit un homme a-t-il d'échauffer dans notre cœur le germe du sentiment ? de l'animer par l'ardeur de ses empressements, de le faire

éclore pour introduire dans ce cœur une amertume inconnue ?

La situation de Mlle de Berneil méritait les plus
grands égards ; son malheur devait la rendre respectable aux yeux de M. de Cressy ; devait-il jamais
séduire une fille qui vivait sous sa protection ?
après l'avoir séduite, fallait-il la traiter avec dureté ?
Ô vous, qui payez d'un prix si cruel les faveurs que
vous obtenez, comment osez-vous vous plaindre
quand on vous en refuse ?

Dans la violence de ses premiers mouvements,
Hortense fut tentée de s'adresser à Mme de
Cressy, de l'exciter contre sa rivale et contre un
infidèle dont le choix bizarre devait la révolter :
mais qu'attendre de cette démarche ? La marquise
n'était pas faite pour ressentir des transports fu-
rieux, encore moins pour en répandre l'éclat au-
dehors ; elle avait un de ces cœurs tendres qui
tournent tout contre eux-mêmes, et dévorent en
secret leurs peines.

Elle portait au fond du sien une blessure que le
temps ne pouvait fermer, et qui devenait chaque
jour plus douloureuse ; mais loin de prendre aux
yeux des autres cet air de disgrâce que le chagrin
répand sur le visage, elle s'efforçait de paraître la
même ; et, comme elle ne parlait jamais de M. de
Cressy, personne ne s'empressait à lui apprendre
le ridicule dont il se couvrait.

Un jour qu'elle venait de dîner à la campagne,
en passant dans un faubourg, son postillon donna

en l'air un coup de fouet au milieu d'une troupe d'enfants qui jouaient et embarrassaient le passage. Dans l'empressement de se ranger, un de ces enfants tomba sous les pieds des chevaux. Mme de Cressy, qui le vit, poussa un cri perçant. On arrêta à temps, et l'enfant fut retiré sans avoir aucun mal. La marquise, alarmée de cet accident, descendit de son carrosse ; elle se fit apporter l'enfant ; et caressant cette innocente petite créature, elle fut si touchée en songeant qu'elle avait pensé causer sa mort, qu'elle parut prête à s'évanouir. La mère de l'enfant, qui venait de recevoir des marques de sa libéralité, l'invita à entrer chez elle pour se remettre de sa frayeur, et lui offrit tous les secours qui pouvaient ranimer ses esprits. La marquise accepta ses offres. L'appartement que cette femme lui ouvrit était meublé d'un goût si noble et si recherché, que Mme de Cressy s'étonna qu'une personne dans la condition simple où elle lui paraissait fût logée d'une façon si distinguée. Cette femme vit sa surprise, et lui avoua que la maison lui appartenait, mais qu'un seigneur de la cour l'avait fait orner comme elle la voyait, et la louait depuis un an pour y recevoir quelquefois une jeune personne qu'il avait épousée malgré son peu de fortune, et dont le mariage avec lui était fort secret.

Mme de Cressy passa dans le jardin : quatre berceaux de jasmin et un assez grand parterre le formaient. Elle vit des fleurs qu'elle aimait, et se baissant pour en prendre une, elle aperçut dans le sable quelque chose qui brillait ; elle en avertit la maîtresse de la maison. Cette femme, ayant ramassé ce que la marquise lui montrait, marqua de la joie de l'avoir trouvé. « C'est un cachet, dit-elle ; il appartient à celui dont je viens de parler ; il l'a fait chercher avec soin, et ce bijou lui est précieux. » Mme de Cressy, étonnée qu'une perte si légère pût occuper, fut curieuse de voir ce cachet ; elle le prit, le regarda, et pâlit en l'examinant. Elle reconnut une pierre rare où ses armes étaient gravées : elle-même l'avait donnée au marquis. Il ne lui resta aucun doute que cette maison ne fût à M. de Cressy. La seule idée de se voir dans des lieux où il la fuyait, où il en cherchait une autre, lui causa tant de douleur qu'en traversant l'appartement pour regagner son carrosse, elle fut obligée de se jeter sur un siège, où, malgré ses efforts, des larmes amères s'échappèrent de ses yeux.

Pendant qu'elle s'affligeait d'une découverte qui la conduisait à en faire de plus fâcheuses encore, Mme d'Elmont, qui allait souper un peu au-delà de ce même faubourg, passant devant cette maison qu'elle connaissait très bien, y voyant un carrosse arrêté et plusieurs laquais à la livrée de Cressy, imagina que le marquis, au lieu d'être à Versailles où elle le croyait, s'était raccommodé avec Mlle de Berneil, pour qui cette maison avait été louée, et qu'il y était avec elle : remplie de cette idée, et sans faire attention qu'il n'allait point dans ce lieu avec cette suite ni cet éclat, elle trouva très plaisant de les y surprendre, et de voir comment Hortense soutiendrait cette aventure ; elle fit arrêter son carrosse, descendit, et frappa elle-même à la porte avec une vivacité qui ne l'abandonnait jamais. On lui ouvrit, elle entra ; et jamais surprise ne fut égale à celle de ces deux personnes en se voyant dans un lieu où elles s'attendaient si peu de se rencontrer.

En jetant les yeux sur Mme d'Elmont, la marquise ne douta point qu'elle ne vînt chercher le marquis dans cette maison. La crainte de le voir arriver la fit lever avec précipitation pour sortir ; mais troublée, émue, sans forces, elle retomba sur le siège où elle était, et baissant tristement la tête, elle resta dans cette situation sans pouvoir prononcer une seule parole.

Mme d'Elmont, dont l'imagination vive travaillait pendant ce temps, arrangea tout de suite un événement dans son idée ; et se croyant sûre qu'il venait d'arriver : « Quoi ! madame, dit-elle à la marquise, vous avez de ces enfances ? vous venez ici surprendre un infidèle et quereller une rivale ? Mais comment ! des larmes, de l'accablement ? eh ! bon Dieu, qui vous aurait crue si faible ! Mais que s'est-il donc passé ? Où est le marquis ? Qu'avez-vous fait d'Hortense ? Est-elle retournée au couvent ? Comment vous êtes-vous séparées ? »

Mme de Cressy ne comprenait rien à ce langage ; elle était révoltée de la hardiesse de Mme d'Elmont ; le nom d'Hortense, mêlé dans ses questions, augmentait son embarras ; elle ne pouvait se déterminer à lui répondre. « Par quel hasard, madame, dit-elle enfin, vous trouvez-vous ici ? Qui vous fait chercher à pénétrer des secrets que rien n'engage à vous confier ? Pourquoi pensez-vous qu'Hortense est au couvent ? Quelle raison ai-je de me séparer de mon amie ? Sait-elle que M. de Cressy a cette maison ? Est-ce à elle qu'il ferait une pareille confidence ? Que voulez-vous dire, quand vous me demandez de quelle façon nous nous sommes quittées ? — En vérité, reprit madame d'Elmont, vous faites mon admiration ! rien n'est plus beau que de ménager avec tant de soin la réputation d'une fille qui paye vos bienfaits de la plus noire ingratitude ! Qui, après vous avoir enlevé le cœur de votre mari, l'a banni de chez vous par l'aigreur de son caractère. Feindre d'ignorer qu'elle est la maîtresse du marquis, nier que vous l'avez trouvée ici, ou du moins que vous l'y cherchiez, assurément, madame, c'est porter la bonté aussi loin qu'elle peut aller. »

Mme de Cressy, impatientée du ton et des propos de la marquise d'Elmont, traita de calomnie tout ce qu'elle avançait sur Mlle de Berneil ; mais Mme d'Elmont voulant la convaincre de la vérité de ses discours, montrant à la maîtresse de la maison le portrait d'Hortense qu'elle avait pris à

M. de Cressy, elle lui ordonna de dire si elle ne reconnaissait pas la jeune dame. Cette femme, intimidée par le ton d'autorité de Mme d'Elmont, avoua tout, et convint que c'était pour cette personne qu'on avait orné et embelli la maison.

Quel moment pour Mme de Cressy ! trahie par l'objet de son amour, par celui de sa plus tendre amitié ; éclairée sur son malheur par une femme qu'un mouvement jaloux attirait dans ce lieu, par une rivale qui jouissait de ses peines, insultait à ses larmes ; était-il une situation plus fâcheuse, plus triste que la sienne ?

Elle se leva dans le dessein de sortir ; et se tournant vers Mme d'Elmont : « Ah ! madame, lui dit-elle, comment M. de Cressy a-t-il pu vous confier une intrigue si odieuse, en sacrifier l'objet, et faire éclater ce que tant de raisons l'obligeaient de cacher ? Eh ! pourquoi m'avez-vous révélé cet affreux secret ? À quel titre en êtes-vous dépositaire ? Hélas ! continua-t-elle, si l'on m'eût dit, il y a une heure, que j'étais heureuse, on m'aurait révoltée ! Je l'étais pourtant, oui, je l'étais, si je compare ce que je sentais à ce que j'éprouve à présent. » En finissant ces mots, elle quitta cette maison fatale et Mme d'Elmont, sûre qu'une femme qui connaissait si bien le marquis n'était pas une simple confidente.

La marquise croyait avoir senti toutes les peines qu'un amour sincère et mal reconnu peut causer ; elle pensait que cesser d'être aimée, s'assurer qu'on avait toujours été trompée, étaient des maux qui ne pouvaient souffrir d'accroissement ; elle ne connaissait point l'horrible tourment d'une jalousie sans incertitude ; de cet état où l'on est sûr de l'abandon d'un ingrat, du bonheur d'une rivale qui jouit de nos pertes, dont on s'exagère les plaisirs que l'on se peint sans cesse au milieu des douceurs qu'on regrette, sans espoir de les goûter jamais. Ah ! quand un infidèle reviendrait à nous, quand il nous rendrait son cœur, pourrait-il jamais nous rendre ce charme inexprimable attaché à la préférence ! Quelqu'un a dit : « On pardonne tant que l'on aime. » Mais peut-on aimer encore, quand on a besoin de pardonner ?

Mme de Cressy rentra chez elle, oppressée par un saisissement qui lui laissait à peine la force de se soutenir. Elle demanda si Mlle de Berneil y était, et, sachant qu'elle venait de sortir, elle chargea une de ses femmes de l'empêcher d'entrer lorsqu'elle reviendrait. La joie que cette femme fit paraître en recevant cet ordre surprit la marquise ; elle voulut en savoir la raison. Que devint-elle en apprenant par cette femme que personne dans l'hôtel n'ignorait l'intrigue du marquis ! Ses gens, attachés à elle, haïssaient Hortense, et ne cachaient point entre eux qu'elle était la cause des chagrins de leur maîtresse.

Cette connaissance aigrit la douleur de Mme de Cressy. « Juste ciel ! s'écria-t-elle, voilà donc tout le fruit de cette union si désirée, qui semblait m'élever au comble de la félicité ! Rejetée d'un ingrat, trahie par celle que j'ai si tendrement

111

recueillie, malheureuse dans ma propre maison, j'y suis l'objet de la pitié de mes valets ! » Elle recommanda le silence à cette femme ; et, trop sûre d'avoir été le jouet de deux perfides, elle s'abandonna à toute l'amertume dont cette idée pénétrait son cœur. Le lendemain, quoiqu'elle se sentît très malade, elle partit de grand matin, sans autre compagnie que deux de ses femmes, pour une terre qu'elle avait à dix lieues de Paris. Ce fut là qu'elle considéra avec attention son état présent, et celui que l'avenir lui promettait.

Cette femme si aimable, si désirée, dont l'heureux possesseur excitait tant d'envie, dont le sort était si brillant avant qu'elle connût M. de Cressy, à présent accablée de douleur, n'envisagea plus qu'un malheur continuel dans le reste de sa vie. Le sentiment qu'elle ne pouvait éteindre n'était plus qu'un triste mouvement qui portait le désespoir dans son âme. Elle chercha dans ses principes, dans la force de la morale, des ressources contre l'ennui dont elle était pressée : mais que peut la raison contre une passion qui nous maîtrise, qui tient à nous, qui est en nous, qui fixe et absorbe toutes nos idées ? Semblable à un jeune enfant qui, entouré de mille jouets, ne s'amuse que d'un seul : qui, si on le lui enlève, crie, gémit, jette et brise tous les autres, notre cœur, attaché à l'objet qu'il préfère, qu'il chérit, dédaigne tous les biens qui semblent lui rester. Eh ! que sont-ils ces biens, comparés à l'amour qu'on ressent, qu'on croyait inspirer ?

Qu'attendre du temps, du retour de sa raison ? Une triste langueur, une insipide tranquillité, un vide affreux, plus à craindre mille fois pour une âme sensible que les peines les plus amères dont le sentiment puisse la pénétrer.

Malgré son étourderie naturelle, Mme d'Elmont se reprocha d'avoir parlé ; elle cacha son aventure au marquis. En revenant de Versailles, il apprit que sa femme était à la campagne ; il fut surpris qu'Hortense fût restée ; mais il fit peu d'attention à l'inquiétude où il la voyait sur cette nouveauté : son cœur ne partageait plus ses plaisirs ni ses peines.

Mme de Cressy, après avoir resté huit jours à réfléchir dans sa solitude, prit le seul parti qui lui parût capable de terminer toutes ses peines. Depuis longtemps elle ne voyait presque plus le marquis ; elle sentait même qu'elle ne pouvait plus le voir avec plaisir ; sa santé s'affaiblissait tous les jours ; le sommeil n'était plus connu d'elle ; une noire mélancolie lui rendait tout importun, tout désagréable. Elle ne voulut pas attendre d'un long dépérissement la fin d'une vie si languissante ; elle se détermina à en abréger le cours[1].

Mme de Cressy revint à Paris ; elle reçut Mlle de Berneil d'un air froid, et lui parla sans aigreur et sans aucune marque de dégoût pour elle : elle s'occupa

---

1. Contraire aux vues de l'Église, le geste de la marquise sera condamné par Mme de Genlis. Mme Riccoboni, écrira-t-elle, « a eu la première l'idée funeste de vouloir rendre le suicide intéressant. »

tout le jour à mettre en ordre des papiers qu'elle cacheta avec soin ; elle distribua des présents à ses femmes, et parut s'amuser à leur faire choisir ce qu'elles aimaient le mieux dans les choses qu'elle leur destinait ; elle était moins triste qu'à l'ordinaire ; le parti qu'elle avait pris calmait son âme, et lui rendait toute la liberté de son esprit ; elle donna à Mlle de Berneil une très belle boîte : « Tenez, mademoiselle, lui dit-elle en la lui présentant, gardez soigneusement le présent que je vous prie d'accepter ; il vous rappellera un événement capable de vous conduire à d'utiles réflexions, de ranimer dans votre cœur des sentiments qui peuvent y renaître, si un triste égarement ne les a pas entièrement détruits. Je souhaite, mademoiselle, je souhaite que vous ne les ayez pas perdus pour toujours. » Et, lui faisant signe de la main de ne point lui répondre, elle continua ses arrangements. Lorsqu'elle eut finit, elle donna ordre d'avertir le marquis, quand il rentrerait, qu'elle voulait lui parler. À minuit elle demanda du thé, on lui en apporta ; elle s'assit pour en prendre ; elle en prépara une tasse, dans laquelle elle jeta une poudre ; elle dit à Mlle de Berneil : « C'est un calmant, il me procurera du repos » ; elle la posa sur la table pour la laisser infuser. Il était une heure lorsque le marquis rentra, et vint dans la chambre de Mme de Cressy, qu'il trouva s'entretenant paisiblement avec Hortense.

La marquise se leva pour le recevoir ; Mlle de Berneil voulut sortir, mais elle la retint : « Restez, mademoiselle, dit-elle, il ne se passera rien ici qui doive être un secret pour vous. » Et, s'étant remise à sa place, elle pria M. de Cressy d'achever de remplir la tasse qui lui restait à prendre, et de la lui donner : il le fit ; et la marquise, la recevant de sa main, lui dit avec un regard bien expressif, s'il eût pu l'entendre : « Je suis charmée, monsieur, de tenir de vous-même ce remède salutaire. » Comme elle voulait laisser passer un peu de temps, elle l'entretint de plusieurs affaires qui l'intéressaient ; ensuite, faisant sonner sa montre, et jugeant l'heure assez avancée : « Je vais vous instruire, monsieur, lui dit-elle, du sujet qui m'a fait souhaiter votre présence. » Alors, prenant sur la table un petit coffre de la Chine, elle l'ouvrit, et ayant tiré deux paquets cachetés, elle en donna un à Mlle de Berneil. « Voici l'accomplissement de la promesse que je fis à votre mère, mademoiselle, lui dit-elle, quand elle vous remit dans mes bras et confia votre fortune à mes soins ; j'ai obtenu depuis peu le brevet de votre pension, il est sous cette enveloppe ; vous y trouverez aussi une preuve de ma première amitié ; elle vous procurera de l'aisance, soit dans le monde, soit dans la retraite ; je n'ai rien à vous dire de plus ; en vous obligeant, je me suis ôté le droit de me plaindre de vous. » Elle s'arrêta, soupira, et regardant le marquis, elle lui présenta l'autre paquet. « Gardez-le, monsieur, continua-t-elle ; le moment où vous sentirez la nécessité de l'ouvrir n'est pas éloigné.

J'attends de votre complaisance… oui, j'espère que vous voudrez bien vous conformer à mes intentions : je n'en ai jamais eu de contraires à vos intérêts, et mes dispositions ne vous font aucun tort. »

M. de Cressy, surpris de ce langage, les yeux fixés sur elle, troublé, interdit, la pressa de s'expliquer ; ses regards exprimaient la plus vive inquiétude : « Eh ! grand Dieu, que m'allez-vous dire ? s'écria-t-il. — Rien que vous n'ayez dû prévoir, reprit la marquise. Écoutez-moi, monsieur, je vous parle pour la dernière fois. Vous allez perdre une amie dont vous n'avez pas connu le cœur ; j'ose croire que vous l'auriez traitée moins durement si vous aviez pu juger de l'espèce de sentiment qui l'attachait à vous. Vous l'avez toujours trompée, cette amie ; vous l'avez négligée, trahie, abandonnée ; vous en avez agi avec elle comme si vous aviez pensé qu'elle était sans intérêt sur vos démarches. Je ne souhaite pas que vous la regrettiez pour que son souvenir trouble la tranquillité de votre vie ; mais je ne veux pas penser assez mal de vous pour croire que sa mort, causée par vous-même, vous soit tout à fait indifférente. — Sa mort ! ah, Dieu ! qu'avez-vous dit ? quoi ? qui doit mourir ? s'écria le marquis transporté : se pourrait-il ? madame… détruisez l'affreux soupçon qui s'élève dans mon cœur, auriez-vous pu… ? — Modérez ces mouvements, monsieur, reprit froidement Mme de Cressy ; ils ne peuvent plus m'en imposer : j'ai trop connu le fond de

116

votre âme ; mais je ne veux point me plaindre, tout est fini pour moi. J'ai cru pendant longtemps tenir de votre main tout le bonheur dont je jouissais, tous les biens dont j'étais environnée : cette erreur est dissipée, pour jamais dissipée ; mais c'est de cette main autrefois si chère que je viens de prendre un spécifique[1] sûr contre d'insupportables douleurs : il va terminer des jours qui me sont devenus inutiles, même odieux, depuis que j'ai pu me dire, m'assurer que je ne vous rendais point heureux. »

M. de Cressy n'entendit point ces dernières paroles ; il s'était levé, il appelait, il demandait du secours ; ses cris, ses ordres précipités, son trouble, son effroi, lui laissaient à peine l'usage de sa raison : il se précipita dans les bras de Mme de Cressy, il la serrait dans les siens, il la conjurait de recevoir tous les secours qu'il pouvait lui procurer ; elle n'en voulut aucun. Elle s'efforçait de le calmer : « Épargnez-vous des soins inutiles, lui dit-elle ; ne faites point un éclat fâcheux ; dans quelques instants je ne serai plus, rien ne peut me sauver. Je suis sûre de ce que je vous dis. — Qu'avez-vous fait, cruelle ? s'écria M. de Cressy fondant en larmes ; avez-vous pu me forcer à vous donner moi-même… ? Ah ! que ne vous vengiez-vous sur moi ? Hélas ! savez-vous quel sentiment m'éloignait de vous ? se peut-il que la crainte de vous avoir trop offensée ait pu m'arrêter ? que n'ai-je

1. Comprendre : un remède spécifique.

osé me confier dans vos bontés ?… Et vous qui soutenez cet horrible spectacle, dit-il à Mlle de Berneil que l'étonnement rendait immobile, pouvez-vous offrir à ses yeux votre barbare tranquillité ? Sortez, mademoiselle, sortez : que faites-vous ici ? Ah ! deviez-vous jamais y paraître ! »

Mme de Cressy, quoique fort affaiblie, fut touchée de ce que le marquis venait de dire. « Ah ! ne mortifiez pas cette fille déjà trop malheureuse, lui dit-elle ; n'ajoutez pas aux reproches qu'elle doit se faire ; vous l'avez assez punie. Je vous pardonne à tous deux ; pardonnez-moi la douleur que je vous cause dans ce moment. Calmez-vous, ne m'ôtez pas la douce consolation de penser que je vous laisse heureux. » Ceux que le marquis avait envoyé chercher arrivèrent alors ; la marquise céda aux instances de M. de Cressy ; elle prit ce qu'il lui présenta ; mais tout fut sans effet. Il la tenait dans ses bras, il la baignait de ses larmes, il ne pouvait renoncer à l'espoir de la retirer de ce funeste état. « Vivez, madame, lui disait-il, vivez pour retrouver en moi un ami, un époux, un amant qui vous adore. » Ses caresses, ses expressions passionnées, ranimèrent Mme de Cressy ; une couleur vive bannit sa pâleur ; ses traits doux et charmants reprirent tout leur éclat ; la joie se peignit sur son visage. « Je meurs contente, s'écriat-elle, puisque je meurs dans vos bras, honorée de vos regrets et baignée de vos larmes. Ah ! pressezmoi, pressez-moi dans ces bras autrefois le temple du bonheur pour l'infortunée qui n'a pu vivre et

s'en voir rejetée : que j'expire sur ce sein chéri ;
qu'il s'ouvre et que mon âme s'y renferme ! » Elle
perdit alors connaissance ; et rien ne pouvant la
retirer de l'assoupissement où elle tomba, sur les
quatre heures du matin elle s'endormit du sommeil de la mort.

Il fallut arracher des bras de M. de Cressy ce
qui restait d'une femme si aimable, si digne de
son amour, et dont il ne voulait plus se séparer
lorsque les marques de sa tendresse lui étaient
inutiles. On l'enleva d'auprès d'elle et de cette
chambre funeste : il fallut veiller sur lui pour le
dérober à sa propre fureur. Une fièvre ardente et
des transports violents le conduisirent aux portes
du tombeau ; il criait, dans son égarement, qu'on
éloignât deux furies qui déchiraient le cœur de la
marquise et le sien. Revenu à lui-même, sa santé
rétablie, il ne revit jamais Hortense ni la marquise
d'Elmont ; l'une l'oublia, l'autre retourna dans sa
retraite pleurer une amie qu'elle regretta toujours,
et les fautes qu'elle ne put se pardonner.

M. de Cressy ne put se consoler ; Adélaïde sacrifiée pour lui, Mme de Raisel morte dans ses bras,
formèrent un tableau qui, se représentant sans cesse
à son idée, empoisonna le reste de ses jours.

Il fut grand, il fut distingué ; il obtint tous les
titres, tous les honneurs qu'il avait désirés : il fut
riche, il fut élevé ; mais il ne fut point heureux.

Appendices

Éléments biographiques

1713. Naissance à Paris de Marie-Jeanne, deuxième fille de Marie-Marguerite Dujac et de Christophe de La Boras[1] (la première mourra en bas âge).

1714. Condamné (et excommunié) pour bigamie, Christophe de La Boras, en réalité de Heurles, est sommé de rejoindre à Troyes sa première épouse, Catherine de Combes, qu'il a épousée vingt ans auparavant. Déclarée illégitime, sa fille est placée dans un couvent jusqu'à l'âge de quatorze ans. « On m'éleva comme une fille dont le cloître était l'unique ressource. On ne m'enseigna rien, on fit de moi une bonne petite dévote, propre seulement à prier Dieu, puisque Satan la forçait à renoncer à ses pompes [...]. Une grande pensionnaire du couvent où je vivais, me prêtait des livres. Ils m'inspirèrent du dégoût pour la vie monastique. [...] Victime de [l']humeur de [ma mère], chagrinée, querellée, maltraitée, j'écoutai le premier homme qui me fit espérer une société plus douce. Je me mariai pour

1. Laboras de Mézières, de Laboras de Mézières sont également attestés.

quitter ma mère » (à David Garrick, 2 janvier 1772).

1734. Mariage à Paris de Marie-Jeanne de La Boras et d'Antoine-François Riccoboni (1707-1772), acteur en vogue de la Comédie-Italienne et auteur de nombreuses pièces et adaptations pour le théâtre ; il est le fils de Luigi Riccoboni, directeur de théâtre de renommée européenne et d'Hélène-Virginie Balletti, actrice célèbre, auteur de pièces de théâtre. Quelques mois plus tard, la jeune Mme Riccoboni fait ses débuts de comédienne dans *La Surprise de la haine* de Boissy. Pendant une vingtaine d'années, elle jouera la comédie, mais, de l'avis général, sans grand talent. Elle participe également à la rédaction des discours d'ouverture et de clôture de la saison théâtrale et à certains canevas de comédies.

1751. Rédaction d'une suite de *La Vie de Marianne*, après, dit-on, que Poullain de Sainte-Foix eut déclaré le style de Marivaux inimitable. Marivaux lui-même s'émerveilla du résultat. Il autorisera la publication de cet ajout en 1761, complété en 1765.

1755. Séparation des époux Riccoboni. Sa femme continuera pourtant de subvenir à ses besoins jusqu'à son décès. Emporté, violent, infidèle, le comédien « vivait dans la débauche et la crapule ; il était même accusé de pédérastie », lit-on dans les *Mémoires secrets* de Bachaumont.

1757. *Lettres de Mistriss Fanni Butlerd* (Mme Riccoboni se serait inspirée dans ce roman d'un épisode de sa propre vie). Le roman, anonyme, connaît un immense succès.

1758. *Histoire de M. le marquis de Cressy*. Dans une longue lettre datée du 27 novembre, Diderot répond point par point aux critiques formulées par Mme Riccoboni à l'égard du *Père de famille* et du *Discours sur la poésie dramatique* ; la lettre de cette dernière est malheureusement perdue.

1759. *Lettres de Milady Juliette Catesby à Milady Henriette Campley, son amie.*

1761. Mme Riccoboni quitte le théâtre. Elle s'installe dans un petit appartement de la rue Poissonnière avec une ancienne comédienne de ses amies, Thérèse Biancolelli, qu'elle appelle dans sa correspondance « ma compagne », « ma Pylade » et « Lady Perfection ». Elles vivront ensemble jusqu'à la mort de Mme Riccoboni qui en fera son héritière.

1762. *Amélie*, très librement inspiré du roman *Amelia* de Henry Fielding. « En étudiant l'anglais, sans maître, sans principes, la grammaire et le dictionnaire près de moi, ne regardant ni l'un ni l'autre, me tuant la tête à deviner, j'ai traduit tout de travers (comme je l'entendais), un roman de M. Fielding. Ce qui était difficile, je le laissais là, ce que je ne comprenais pas, je le trouvais mal dit : j'avançai toujours » (lettre à M. Humblot, éditeur). Sur l'intervention de Mme Du Barry, elle se voit octroyer une pension de deux mille livres qui sera supprimée à la Révolution.

1764. *Histoire de Miss Jenny* (Mme Riccoboni en avait soumis le manuscrit à Diderot). Jouissant désormais d'une réelle notoriété comme romancière, Mme Riccoboni fréquente chez le baron d'Holbach de nombreux visiteurs anglais parmi lesquels David Hume, Horace Walpole et Adam Smith. Elle fait la connaissance du célèbre acteur David Garrick, directeur du Drury Lane Theatre de Londres, avec lequel elle se lie d'amitié ; elle sera en commerce épistolaire avec lui pendant de longues années : « *Thou dear, wild, agreable Devil* », lui écrit-elle ; « *my dear and very dear Riccoboni* », répond-il. Elle tombe également amoureuse d'un jeune Écossais, Robert Liston, de vingt-neuf ans son cadet (il est le tuteur des fils d'un diplomate anglais établi à Paris) ; il lui donne des leçons d'anglais et, après son retour en Angleterre, restera en correspondance suivie avec elle : « À mon âge il convient de traiter l'amour comme une erreur qui ne séduit plus, d'en *parler* avec plus de réflexion que de sentiment. Si je dissertais sur la tendresse, ce serait une véritable radoterie, et si je m'avisais d'en *parler* comme d'un mouvement actuel de mon âme je me donnerais un ridicule impardonnable » (à Robert Liston, 17 mars 1769).

1765. *Histoire d'Ernestine* : « C'est un morceau fini qui suffirait seul à un écrivain. On pourrait appeler *Ernestine* le diamant de Mme Riccoboni », écrit le critique La Harpe dans son *Lycée*. Le roman connaîtra deux adaptations pour la scène en 1777 : un opéra (*Ernestine*, musique du chevalier de Saint-Georges) et une comédie de Choderlos de Laclos (*La Protégée sans le savoir*).

1767. *Lettres d'Adélaïde de Dammartin, comtesse de Sancerre, à M. le comte de Nancé, son ami* ; le roman est dédié à David Garrick.

1768-1769. *Nouveau théâtre anglais* (le volume, qui contient en préface une comparaison entre la situation du théâtre en France et en Angleterre, compte cinq pièces traduites par Mme Riccoboni et sa compagne).

1772. *Lettres d'Élisabeth-Sophie de Vallière à Louise-Hortense de Canteleu, son amie*. Mort du mari de Mme Riccoboni. « Il est impossible de peindre l'effet que cette mort imprévue a produit sur moi. Je me suis sentie sans idées, sans âme, sans réflexion. [...] J'ai plaint mon mari. Mais je ne puis le regretter » (à Robert Liston, 3 juin).

1777. *Lettres de Mylord Rivers à Sir Charles Cardigan.*

1779-1780. Participation à la *Bibliothèque universelle des romans* dirigée par le marquis d'Argenson. Mme Riccoboni y publie trois récits dans le genre médiéval alors en vogue : *Histoire d'Aloïse de Livarot, Histoire des amours de Gertrude, dame de Château-Brillant et de Roger, comte de Montfort* et *Histoire de Christine de Suabe.* Publication de l'*Histoire d'Enguerrand.*

1782. À la suite de la publication des *Liaisons dangereuses*, Mme Riccoboni écrit à Choderlos de Laclos pour protester contre le portrait qu'il donne de Mme de Merteuil. Une brève correspondance s'ensuit où Laclos salue les « charmants tableaux » que sa correspondante a réussi à peindre dans ses romans. « Vous êtes généreux, Monsieur, lui écrit-elle, de répondre par des compliments si polis [...] à la liberté que j'ai osé prendre d'attaquer le fond d'un ouvrage dont le style et le détail méritent tant de louanges. [...] C'est en qualité de femme, Monsieur, de Française, de patriote zélée pour l'honneur de ma nation, que j'ai senti mon cœur blessé du caractère de Madame de Merteuil. »

1785-1786. *Lettres de la marquise d'Artigues* et *Histoire de deux jeunes amies.* Édition des *Œuvres* de Mme Riccoboni en 8 volumes chez l'éditeur Volland.

1792. Décès de Mme Riccoboni à Paris, à l'âge de soixante-dix-neuf ans. Elle est enterrée dans l'église Saint-Eustache. « Mme Riccoboni est morte dans la pauvreté [...]. Par ses talents, son caractère et sa bonté, elle méritait un sort plus heureux », écrira Mme de Genlis dans ses *Mémoires.*

Repères bibliographiques

Œuvres de Mme Riccoboni

Amélie, Paris, Indigo & Côté-femmes, 2000 [contient la lettre à M. Humblot, éditeur, et un avertissement du libraire].

Histoire de deux jeunes amies, Paris, Indigo & Côté-femmes, 2001.

Histoire d'Aloïse de Livarot, Paris, Indigo & Côté-femmes, 2002.

Histoire de miss Jenny, éd. Colette Piau-Gillot, Paris, Indigo & Côté-femmes, 1999.

Histoire d'Ernestine, préface de Colette Piau-Gillot, Paris, Côté-femmes, 1991.

Histoire des amours de Gertrude, dame de Château-Brillant, et de Roger, comte de Monfort, Paris, Indigo & Côté-femmes, 2001.

Histoire de M. le marquis de Cressy, éd. Olga Cragg, Oxford, Voltaire Foundation, « Studies on Voltaire and the Eighteenth Century », n° 266, 1989 [cette édition de référence, bien documentée, reproduit l'édition de 1786, légèrement différente de celle de 1758 ; elle fait état de 23 éditions du roman et de 3 traductions en anglais ; elle comporte en appendice un long poème en vers, « Lettre de la marquise de Cressy à son époux », dû à Louis Triboulet, dit Ponteuil (1747-1806)].

Lettres d'Adélaïde de Dammartin, comtesse de Sancerre, au comte de Nancé son ami, éd. Pascale Bolognini-Centène, Paris, Desjonquères, 2005.

Lettres de Milady Juliette Catesby, préface de Sylvain Menant, Paris, Desjonquères, 1997.

Lettres de Mistriss Fanni Butlerd, éd. Joan Hinde Stewart, Genève, Droz, 1979.

Lettres d'Élisabeth-Sophie de Vallière à Louise-Hortense, son amie, préface et notes de Marijn S. Kaplan, Paris, Indigo & Côté-femmes, 2005.

Mme Riccoboni's Letters to David Hume, David Garrick and Sir Robert Liston : 1764-1783, éd. James C. Nicholls, Oxford, Voltaire Foundation, « Studies on Voltaire and the Eighteenth Century », 1976 [comprend 141 lettres, dont plusieurs adressées à Mme Riccoboni, en anglais, par David Garrick].

Trois histoires amoureuses et chevaleresques, préface et notes de Pascale Bolognini, Presses universitaires de Reims, 2005 [trois récits parus dans la *Bibliothèque universelle des romans* : *Histoire des amours de Gertrude*, *Histoire d'Aloïse de Livarot* et *Histoire de Christine de Suabe* (1779-1780)].

CHODERLOS DE LACLOS, Pierre, *Œuvres complètes*, éd. Laurent Versini, Paris, Gallimard, « Bibliothèque de la Pléiade », 1979 [correspondance entre Mme Riccoboni et M. de Laclos, avril 1782 : p. 757-767].

MARIVAUX, Pierre Carlet de Chamblain de, *La Vie de Marianne*, éd. Jean Dagen, Paris, Gallimard, Folio classique [« *Suite de Marianne qui commence où celle de M. de Marivaux est restée* », p. 675-715].

Ouvrages critiques

CARVALHO, Wendy Doucette, *Illusion and the Absent Other in Madame Riccoboni's Lettres de Mistriss Fanni Butlerd*, New York, Peter Lang, 1997 [contient des informations sur la réception des œuvres de Mme Riccoboni].

CROSBY, Emily A., *Une romancière oubliée : Madame Riccoboni*, Genève, Slatkine Reprints, 1970 [1924].

FLAUX, Mireille, *Madame Riccoboni : une idée de bonheur au féminin au siècle des Lumières*, Université de Lille-III, Atelier national de reproduction des thèses, 1991.

SOL, Marie-Antoinette, *Textual Promiscuities : Eighteenth Century Critical Rewriting*, Lewisburg, Bucknell University Press ; London, Associated University Press, 2002 [porte notamment sur les liens de Mme Riccoboni avec Marivaux et Laclos].

STEWART, Joan Hinde, *The Novels of Mme Riccoboni*, Chapel Hill, University of North Carolina Press, 1976.

—, *Gynographs. French Novels by Women of the Late Eighteenth Century*, Lincoln/London, University of Nebraska Press, 1993 [sur *Histoire de M. le marquis de Cressy*, voir chap. 4].

DÉCOUVREZ LES FOLIO 2 €

« FEMMES DE LETTRES »
Série conçue et réalisée par Martine Reid
Parutions de mars 2009

Marie d'AGOULT   *Premières années (1806-1827).*
Un récit vif et sensible des années d'enfance de Marie d'Agoult, long-temps compagne de Liszt, grande voyageuse, excellente musicienne et auteur de plusieurs essais historiques et politiques, ainsi que d'un roman.

Madame de LAFAYETTE   *Histoire de la princesse de Montpensier et*
                                          autres nouvelles
Sur fond de guerres de Religion, de meurtres et de rivalités, l'auteur de *La Princesse de Clèves* raconte deux passions, dont le caractère violent et inéluctable est comme éclairé et expliqué par l'époque dans laquelle elles s'inscrivent. Le troisième texte, extrait de *Zaïde*, appartient à la mode des romans d'inspiration espagnole.

Madame RICCOBONI   *Histoire de M. le marquis de Cressy*
Actrice à la Comédie-Italienne avant de se tourner vers la littérature, Madame Riccoboni a notamment écrit une suite de *La Vie de Marianne*, laissé inachevé par Marivaux. Dans son roman sentimental, *Histoire de M. le marquis de Cressy*, elle met en scène un homme ambitieux partagé entre deux femmes.

Madame de SÉVIGNÉ   *« Je vous écris tous les jours… »*
                                          Premières lettres à sa fille
Pendant près d'un demi-siècle, la marquise de Sévigné a écrit des cen-taines de lettres à ses amis et à son entourage, mais surtout à sa fille, qui devait, après son mariage avec M. de Grignan en 1669, passer en Pro-vence la plus grande partie de sa vie. Admirée dès sa publication au début du XVIIIe siècle, cette correspondance privée servira de modèle à des générations d'épistoliers et d'épistolières.

Madame de STAËL   *Trois nouvelles*
Fille de Necker, longtemps compagne de Benjamin Constant, mère de cinq enfants, Germaine de Staël a laissé une œuvre importante. *Mirza ou Lettre d'un voyageur*, *Adélaïde et Théodore*, *Histoire de Pauline* appartiennent à ses œuvres de jeunesse.

Déjà parus dans la série « Femmes de lettres »

Madame d'AULNOY	*La Princesse Belle Étoile et le prince Chéri*
Simone de BEAUVOIR	*La femme indépendante*
Madame CAMPAN	*Mémoires sur la vie privée de Marie-Antoinette*
Isabelle de CHARRIÈRE	*Sir Walter Finch et son fils William*
Isabelle EBERHARDT	*Amours nomades*
Madame de GENLIS	*La Femme auteur*
George SAND	*Pauline*
Elsa TRIOLET	*Les Amants d'Avignon*
Flora TRISTAN	*Promenades dans Londres*
Renée VIVIEN	*La Dame à la louve*

COLLECTION FOLIO